同濟大學 1907-2017
Tongji University

同济大学中央高校基本科研业务费专项基金资助

德国战后文学中“自然与人”关系反思

施显松 著

同济大学出版社
TONGJI UNIVERSITY PRESS

内容提要

《德国战后文学中"自然与人"关系反思》从文化生态学角度研究战后德国被政治、军事、经济、生物伦理等技术干预的"自然"如何在文学文本中得以呈现，德语文学如何表达现当代自然语境下人的震惊、抗争直至群体与个体间的关系。

战后有影响的作家无不涉及反映失去原本意义"自然"之中人的挣扎与反观。这些现象在工业发展和思想深度较其他西方国家超前的德国尤其突出，其经验对我们正在谋求发展的新兴国家在实践和理论上都有借鉴意义。对德国战后生态反思文学的研究关键，恰恰是把握这种转变的过程与轨迹的关键。

图书在版编目(CIP)数据

德国战后文学中"自然与人"关系反思 / 施显松著. -- 上海：同济大学出版社，2017.5
ISBN 978-7-5608-6910-0

Ⅰ.①德… Ⅱ.①施… Ⅲ.①文学研究—德国—现代 Ⅳ.①I516.065

中国版本图书馆 CIP 数据核字(2017)第 085533 号

德国战后文学中"自然与人"关系反思

施显松 **著**

责任编辑 张 翠 **责任校对** 徐春莲 **封面设计** 陈益平

出版发行 同济大学出版社 www.tongjipress.com.cn
(地址：上海市四平路 1239 号 邮编：200092 电话：021-65985622)
经　　销 全国新华书店
印　　刷 常熟市华顺印刷有限公司
开　　本 787 mm×1092 mm 1/16
印　　张 6.5
字　　数 130 000
版　　次 2017 年 5 月第 1 版 2017 年 5 月第 1 次印刷
书　　号 ISBN 978-7-5608-6910-0

定　　价 28.00 元

目录 Contents

引　言

德国战后文学，反思是主线。但该反思过分集中在社会历史问题的反思，于自然关系的反思研究却有所忽略和遮蔽。

"自然与人"关系的文学视角研究是作为一个跨学科领域——"文化研究"的一个旁支。文学本身就是文化生态的一部分，同时它又能深刻地反思，敏感地预知生态问题。文学具有独特的生态感知能力，这当中夹杂很多亟待解决的问题，其中最重要的是如何在生态危机和文学自身危机的背景下进行文学研究和文学干预现实(生态)。生态问题的提出和解决不能只是(自然)科学家的问题，文科学者(文学家)同样具有其关注方式，文学自身的危机也可以从生动的生态关注中获得新的生机。生态观念和可持续发展观念如果没有找到更好的问题提出方式，更好的传输途径(文学文化作为承载、反思与预知的元素)，先进的环保生态理念没有普及到大众，没有实施有效的教育启蒙作用，自然的生态灾难或许就会进一步蔓延为文化(包括文学)灾难。

本书试图认定两种文学反思之间的界限，尤其是生态反思文学的时间界定和文类(即文学体裁)的理论标识。"自然与人"关系反思在文学文本中的体现极易陷入时下流行的欧美生态文学研究的老套路，如何将战后德国文学相关话题结合德意志自然哲思传统进行研究是本书创新之处；战后德国文学与自然中的人相关的作家与作品众多，加之大多存世，尚无法定论哪些是经典作家和作品，如何遴选并阐发具有代表性的作家和作品，同时又不遮蔽同一时期相关文学整体"'自然与人'关系反思的文学"是一项艰巨的课题。

反思德国"自然与人"关系的作品最终要体现我们作为研究者的主体性，如何融入中国研究者视角，同时为"我"所用，即如何将研究德国战后已取得的相关文学创作成果和理论建树转化。研究德国当代文学这种现实性极强的话题扩展了文学研究的研究对象，意味着理论和方法上具有前沿性。从中国学者视野出发，审视德国当下文学、吸收德国处理发展问题的先进文学理论与实践经验，为中国当代作家在文学边缘化时代如何使作品实现文学价值的同时关怀现实、发挥社会影响提供借鉴。

德国统一后当下文学表现人在自然面前的哲思与担忧,历史与当下的碰撞中文学如何在审美与审丑争论中关注“自然与人”的关系,以丹尼尔·克尔曼(Daniel Kehlmann)为典型进行探究;探索德国战后文学如何从童话视角表达对自然中人类自毁与“过度发展”的忧虑与急迫感,研究战后德语文学与大众化的新媒体结合如何激发人们多方面感知,让人们通过作品“求真”地,而不是理想化地呈现自然中的“人类”自己造成的震惊画面,以恩岑斯贝格为代表进行个案研究;在经典解读中以环境与生态视角重新挖掘歌德对自然的观察,从而扩展文学创作中的“观察”(Betrachtung)以构建主观与客观的审美关系;以生态美学审视角度分析意象“河流”在黑塞作品中的深层文化内涵;从技术化给人类带来的负面影响为例揭示从身体政治角度,探讨高度技术化的社会里,人随着社会的洪流被裂变肢解为个体意识削弱的“个体”,个体镜像在社会中的丧失;在“泛政治化”制度下遭遇暴力的无可奈何,以及所发出卡珊德拉式(Cassandra)的微弱呼喊,以原东德女作家莫妮卡·马龙(Monika Maron)为例。通过这种由点及面的方法,分析这些以生态教育和生态意识启蒙为导向的具有代表性作品,理清德国战后的生态文学发展脉络,尤其是生态反思文学的时间界定和文学体裁的理论标识。

“自然与人”关系反思在文学文本中的体现,在战后德国文学与自然中的人相关的作家与作品众多,加之大多在世,尚无法定论哪些是经典作家和作品,如何遴选并阐发具有代表性的作家和作品同时又不遮蔽同一期时期相关文学整体“生态文学”特质。反思德国“自然与人”的关系的作品最终要体现我们作为研究者的主体性,如何融入中国研究者视角,同时为“我”所用,即如何将研究德国战后相关已取得的文学创作成果和生态文化学理论建树转化为促进中德交流的平台,是本书的重点和难点。

伴随着世界范围内生态思潮的日趋高涨,生态文学批评逐渐升温,并成为文学领域里的显学。德国生态文学总体趋势表现为:“政治生态”取代了自然抒情,“生态审丑”取代了自然审美,“怀旧与感伤”取代了自然异化。德国作家在生态和环境保护方面以“社会良心”的知识分子特殊身份参与并主导了生态思想宣传、环境立法、生态经济以及保护教育,德国文学在生态政治、生态经济、生态文化、生态能源、生态教育、生态艺术等领域,为德国取得堪称世界一流的典范功不可没。德国文学关怀“自然与人”的存在关系,勇于反思、批判并干预现实的成功经验值得认真研究分析与学习。

本书从文化生态学角度研究战后德国被政治、军事、经济、生物伦理等技术干预的“自然”如何在文学文本中得以呈现,德语文学如何表达现当代自然语境下人的震惊、抗争直至群体与个体间的关系。战后有影响的作家无不涉及反映失去原本意义“自然”之中人的挣扎与反观。这些现象在工业发展和思想深度较其他西方国家超前的德国尤其突出,其经验对我们正在谋求发展的新兴国家在实践和理论上都有借鉴意义,对德国战后生态反思文学的研究关键,恰恰是把握这种转变的过程与轨迹的关键。

生态批评作为文化批评理论在德国学界被称为文化生态学,它延续了德语文学的自然美学思想,包括杰诺德·哈曼·博美(Gernot Hartmut Boehme)、约斯特·赫曼(Jost Hermand)、罗德·谢菲尔(Lothar Schaefer)、马丁·赛尔(Martin Seel)等都致力于挖掘德语文学中自然审美传统;英国的日耳曼学者阿克瑟尔·固特博迪(Axel Goodbody)对德语生态文学研究更具有开创性贡献,其研究重在强调德语文学在自然危机中的特殊作用,具有生态倾向的德语文学使人们“对自然的理解发生了改变”①;胡博特·察夫(Hubert Zapf)提出进入文学生态学的新途径,重点研究文学在文化中所扮演的特殊“生态”功能。将文学当作生态系统来分析在德国取得重要研究成果的还有彼得·芬克(Peter Finke)。芬克强调语言的特殊作用,他指出:“由于其语言作为独立的世界在文化上不需要解码,使得文学直接得以理解,所以对意识的形成具有重要的作用,即文学“文化上的语言—世界系统性”②。

本书研究目标聚焦审视德国人如何在文学文本中观照和处理“发展”问题,关注在文学边缘化时代,文学如何实现自身文学价值的同时实现社会价值。从中国学者的视野出发,审视德国当下文学审美日常化和日常审美化关系。战后德国历

---

① Dürr, Hans-Peter: *Die Zukunft ist ein unbetretener Pfad. Bedeutung und Gestaltung eines ökologischen Lebensstils*, Freiburg i. Br. 1995, S. 39.

② Wanning, Berbeli 2013: *Yrrsinn oder die Auflehnung der Natur in Frank Schätzings Der Schwarm*. In Kulturökologie und Literatur. J. B. Metzlersche Verlagsbuchhandlung, 2008, S. 340

史与现实的反思文学在对待“自然与人”的关系上，少有传统意义上对自然的歌颂与向往的美学感召，代之以政治化诗学和生态文化批评文学。本书研究关注的重点是彻底被政治、军事、经济、生物控制伦理等技术干预化的“自然”如何在文学文本中得以呈现，德语文学如何表达现当代“人为自然”语境下人的震惊、抗争，进一步思考人与自然、个体与人群间的关系转变①。

大量的文学作品推动人们反思人在环境中的角色，其中谈到人在自然中的角色不能不提到海德格尔。“诗意的栖居”是海德格尔的名言，他本来是用这句话讲霍尔德林的诗，这位哲学家触及到生态学的本意——既有家的概念，又有词语的概念。海德格尔谈这个是因为他认为诗能够表达人类与环境主观的、个体的联系。由于诗具有高度的主体性和个体性，因而与个体存在的状态存在最大的关系，反思西方的哲学传统，过分强调存在(本体)。海德格尔建议：“所有的本体论是盲目的，根本没有澄清存在的真正意义”②，他批评传统的哲学将人类作为旁观者，笛卡儿、休莫、康德将自己的思想建立在假设人是观察者的基础上。海德格尔的兴趣在于要让人们意识到自己作为行动者参与其中所产生的影响，正如一位研究者所言：“一个人不能栖居的世界是这样的：人不是隐含的，强作的，海德格尔不认为世界是一个简单的集装箱，人连同集装箱没有受到集装箱的影响和改变，按照这个逻辑理解自我，主体可能在另外一个集装箱不受改变而存在，简单的一个呼吸就是我们人本身与外界自然环境发生的互动，足以显示这种感知方式的缺陷。”③假如人用自己的双手建造他的住所，养家糊口，诗意的功能将会很大，人们得以通过位置认知自己。在散文《关于技术》中，海德格尔表达了自己对现代技术化的生活模式的忧虑，对批量生产的忧虑，因为没有个性的流水生产线，产品失去了制造者存在的意义。手工被替代对制造者和消费者都是损失，因为存在都在机器生产中被忽视。梭罗的建议整整早于海德格尔一个世纪，他们共同指出个体人和他生活的环境之

---

① Wozniakowski, Jacek: *Die Wildnis*. Zur Deutungsgeschichte des Berges in der europäischen Neuzeit, Frankfurt/M., 1987, S. 102

② Müller-Funk, Wolfgang: *Die Kultur und ihre Narrativ. Eine Einführung*. Wien/New-York: Springer, 2002, S. 291.

③ Hansen, Klaus P. (Hg.): *Kulturbegriff und Methode*, *Der Stille Paradigenwechsel in den Geiteswissenschaften*. Tübingen: Nar, 1993, S. 139.

间的关系,先见性地开始讨论生态问题。

人类和自然环境之间最为直接的关系就是叙述,是自然和文化的之间最为深奥的关系,也是德国文化的关键因素,正如塔西佗(Publius Cornelius Tacitus)对野蛮人的描述。自然在德国人性格中扮演着重要角色,塔西佗的著作《日尔曼尼亚》(*Germania*)还有其他的文章都假定日尔曼民族是自然的孩子。对歌德来讲自然是重要的,他的作品对自然的执着产生了巨大影响,在现代工业时代写作,身处启蒙的时代,歌德是最早注意到人对环境的破坏和缺少对生态的关注的人。

随着生态批评的发展,近年来生态叙事的接受也发生了改变,这可以帮助让我们观察生态学在文学界的位置:生态批评重新定位自 17 世纪启蒙运动以来的环境慢慢被边缘化的问题,环境成为了理性的征服对象,从而引发人类精神与环境脱节。保持精神的复杂性、语言学的创新性在文学里显得非常重要,这有别于心理分析、后现代和历史主义批评。本来生态学是研究动植物、人和环境的关系,现在也借用来研究如何对自然环境有利因素的错综关系,开创者劳伦斯・布威尔(Lawrence Buell)强调环境实践批评,它成了一种关注自然环境的方式,使得不同文学形式进入生态学。凯威尔激烈反对"进步",马克斯・弗里施(Max Frisch)则剖析人在技术时代的冷漠。

不仅科学家,还有作家和读者一起讨论生态问题。小说的想象性可以用来作为生态讨论的工具,文学可以听取内心的声音,有感情的反应和想象依然对环境起着非常大的作用。科学家的劝告大众无法知晓,最终有关环境的讨论陷入泥沼,拉夫洛克(James E. Lovelock)的盖娅理论(Gaia Hypothesis)就是例子:盖娅几乎是一个叙事的小说体,可以实现以另外的方式进入讨论世界。生命的互相联系和物种的互动是其理论核心,不像传统的科学文献、文学提供的讨论,也不同于科学家的方式,是对未来的不确定性进行想象。虽然有文学介入生态的实例,但在德国缺乏这种传统,赫曼是德国生态文学的领军人物,指出只有少数人进入这个领域;固特博迪认为,文学与生态中生命和妇女文学找到了相应的位置,但生态书写刚刚进入德国研究,应该有更大的研究空间和价值,德语文学在生态书写方面应强调其民族性和地域性。

生态写作模式是作家使用一个边缘人作为学术主体或者焦点,边缘人分析社会是从一个疏离的角度出发,由于与社会的异化,边缘人能够采用不同于社会惯常的方式和视角，作为回归的英雄承担着离开社会的角度[1]。

通过局外人的叙述，德国作家打开了人类环境异化问题的大门，自然世界让人产生“另外”的解决视角，似乎是站在人类的对立面的世界，树立一个小说人物，从某种意义上讲也是同人类世界的疏远，为无声的世界找到一个声音。占有这种不一般的位置，在人类眼里这样的人物可以激发一种“异”的感觉。通过拟人化，作者试图通灵至那些无法表达的部分。局外人可以建立一种沟通文化，通过这座特殊的桥梁，实现他们与自然的敏感交流。作为虚构人物，他们植根于文化，局限于一个位置，但正是这种集中的叙述焦点对生态感知表达得最为完整，能帮助人们抹平人类同自然已经疏离的祛神话鸿沟[2]。

---

① Peter Singer: *Praktische Ethik*. *Übers*. Jean-Claude Wolf, Stuttgart: Reclam, 1984, S. 72.

② Catrin Gerstdorf und Sylvia Mayer (Hg.): *Ökologie und Literaturwussenschaft*: *Eine Einleitung*. Heidelberg: Winter, 2005, S. 8.

第一章　德国文学中的“自然与人”

第一节　自然观念的衍变

自然早先并未和人分离，人类在现代社会到来之前同自然融为一体。随着社会的发展，现代化的工程不可避免地促使人与自然异化，当人类经历现代化科学技术高歌猛进，沐浴现代文明的无比威力的同时，却很快跌入生态乃至精神危机，转而重新寻求如何回归“诗意栖居”的状况，与自然的融合显然只有一种可能性的体验——文学。

人类早期观察自然是直观、思辨和猜测的，是唯物论的，带有某些神秘主义的色彩，具有机械决定论和形而上学的倾向。随着社会分工越来明显，脑力劳动和体力劳动的分工，古代科学技术也得到了发展，自然观开始和哲学结合形成了整体知识形态的自然哲学，即朴素唯物主义自然观。在中国代表这种朴素唯物主义自然观的观点是“元气说”，西方则是希腊的“原子论”①。

朴素自然观认为自然界处在永恒的产生和消灭中，处在无休止的运动和变化中，人和其他动物都来源于自然界。这是中国古代朴素唯物主义自然观的基本观点。道——金、木、水、火、土即五行，元气、太极等是自然界的本源；自然界的发展遵循相辅相成、中庸和谐的辩证法则；宇宙具有无限性和永恒性，是时间、空间、物质、运动的统一；人来源于自然界，并与其形成了天人合一的关系；运用阴阳、五行和气等哲学思想和归纳、抽象等方法认识自然界。

与之对比的是古代希腊朴素唯物主义的自然观，这种自然观认为，土、水、火、气四元素、原子四因素（质料因、形式因、动力因、目的因）等是自然界的本源，自然

① Brüggemeier, Franz-Josef (Hrsg.): *Besiegte Natur. Geschichte der Umwelt im* 19. *und* 20. Jahrhundert, München, 1989, S. 35.

界在其内部各元素间的矛盾作用下，无限和永恒地变化和发展着；人来源于动物，生物是进化的；通过感性和理性等路径认识自然界。古代东西方自然观在认识自然界方面都持有一元论或多元论的观点，在认识人类与自然界的关系方面，都主张人类来源于自然界；在认识宇宙方面，中国侧重研究宇宙的时间和空间的等问题，希腊侧重研究宇宙的演化等问题。恩培多克勒(Empedocles)的古代进化论分别被近代的哥白尼、道尔顿和达尔文等人的科学发现所证实。古代希腊的自然观并非总是唯物机械的，赫拉克利特的“火原说”和毕达哥拉斯的“数本原”，德谟克利特的“原子论”和柏拉图的“理念论”形成了对比，这也使得中世纪神学自然观有了用武之地，最终被近代机械唯物主义自然观所代替。

机械唯物主义的自然观借助德谟克利特的“原子论”、培根的“经验论”、斯宾诺莎的“唯理论”，以牛顿的经典力学为科学论证为基础，认为自然界是由物质构成的物质世界。物质的性质取决于组成它的不可再分的最小微粒的数量组合和空间结构，物质具有不变的质量和固有的惯性；一切物质运动都是物质在绝对的空间和时间中的机械运动，都遵循机械决定论的因果关系，物质的运动来源于外力的作用，自然界的未来发展严格取决于其过去的历史，不存在偶然性和随机性，人与自然界分立。机械唯物主义冲破了中世纪神学自然观的羁绊，传承了古代唯物主义自然观的传统，机械运动的还原论，但这种自然观看不到事物之间的普遍联系和发展变化，仍然主张自然界的绝对不变性，把自然界中的各种运动简单归结为机械运动，割裂了自然界和人类社会的固有联系，否定了辩证的思维方法。自然界绝对不变的理论与第一推动力和合目的论的上帝创造论一起促成了机械唯物论的终结，康德的“星云假说”为其送上了缺口。

辩证唯物主义自然观批判吸收了法国唯物主义自然观和德国唯心主义自然观中的合理因素，克服了机械唯物主义自然观的固有缺陷，形成了关于自然界及其与人类关系的总的观点。辩证的自然观基础是星云假说、地质渐变论、尿素的人工合成理论、元素周期律、电磁理论、细胞学说、能量守恒与转化定律及达尔文生物进化论等自然科学理论①。法国唯物主义自然观虽然主张人在自然界面前只有受动性

---

① Oppitz, Michael: *Notwendige Beziehungen. Abrißder strukturalen Anthropologie*. Frankfurt a. M.: Suhrkamp, 1975, S. 119.

而没有能动性，但它能够以感觉经验为基础说明自然界，主张自然界具有客观实在性，人的本质是肉体感受性，感觉和经验是外部世界作用于感觉的结果，从而发展了唯物主义反映论。德国唯心主义辩证法思想虽然抽象地发展了人的能动性，但它主张自然界是一个整体，并且是不断运动、变化和发展着的，自然界的发展是一个由低级向高级转变的历史过程，并遵循对立统一、质量互变和否定之否定的辩证法则；时间、空间、运动和物质是统一的，矛盾是物质运动的根本动力；生命来自于自然界，能动的自我意识是人的本质，人是自然界的一部分。发展了自然机械观，它主张人有意识、有目的的以及客观态度对自然界的否定性活动，它内含否定性、客观性和革命性的规定，是具有革命性、科学性特点的自然观，为促进科学技术的发展提供了理论基础和方法指导，融合了自然科学、社会科学与人文科学。

辩证自然观随着 20 世纪科学技术成就和社会进步更进一步发展，主要体现为系统自然观、人工自然观和生态自然观等几个当代形态。

系统自然观是关于自然界的存在及其演化的观点，是以系统科学等为基础，对自然界系统的存在方式和演化规律的概括和总结。其最早起源于古代的赫拉克利特、德谟克利特。近代的莱布尼茨、狄德罗、康德、黑格尔等都主张自然界是一个系统，系统是自然物质的存在方式，包括古代中国整体观。古代中国自然哲学家认为，世界是由阴阳和五种元素构成的一个统一的、运动着的整体。这种注重研究整体、协调和协同的思想受到西方著名科学家普里戈金的高度评价。他主张把强调实验、分析和定量描述的西方科学传统和强调“自发的有组织的世界”的中国传统哲学相结合，朝着一种新的综合前进，朝着一种新的自然主义前进，在一个更高的基础上建立人与自然的新的联盟，形成一种新的科学观和自然观。自然界是简单性和复杂性、构成性与生成行、确定性和随机性辩证统一的物质系统，它以进化和退化相互交替的形式演化着；系统是由若干要素通过非线性相互作用构成的整体，它既与其所在的环境发生联系，又与其他系统发生关联，系统具有开放性、动态性、整体性和层次性等特征；系统的演化史是不可逆的，分叉和突现是其演化的基本方式，开放、远离平衡态、非线性作用和涨落等构成其演化的自组织机制，进化是系统以对称性破缺为路径和基础的有序化过程，时间具有不可逆性，时间和物质系统相互关联，自然界经历着混沌—有序不断交替的过程，是无限循环和发展的[1]。强调自然界的复杂性与简单性、生成性与构成性、线性和非线性的辩证统一，提出了系统的存在和演化思想。

人工自然观是关于人类改造自然界的总的观点，是以现代科学技术成果为基础，对人工自然界的存在、创造与发展规律及其与天然自然界的关系进行的概括与总结。古希腊的柏拉图、亚里士多德论述了“人工客体”等概念和改造自然界的内容，近代培根和斯宾诺莎等提出了“人为事物”等概念和创造自然界的观点，康德和黑格尔提出了“人为自然立法”和“自然向人生成”的思想，论述了改造自然过程中的目的和手段之间的辩证关系；马克思和恩格斯提出了“人化自然”等概念，论述了以实践改造自然界的观点。

古代中国创立了蕴含着改造自然界思想的“五行说”提出了“人胜天”“制天命而用之”等改造自然界的思想，随着科技和社会在20世纪五六十年代的巨变，出现了“人工自然”和“社会自然”等概念[2]。人工自然观的科学基础是近现代自然科学尤其是系统科学、生态科学等。它们共同为正确认识和处理天然自然界与人工自然界的辩证关系，减少创造人工自然界的负面后果奠定了思想基础。人工自然观的技术基础是人类在改造自然界的过程中所创造出来的采取技术、加工技术、控制技术、输送技术、通信技术和医疗技术等，以及当代高新技术。

人工自然界是人类通过采取、加工、控制和保障技术活动创造出来的相对独立的自然界，它本身具有目的性、物质性、实践性、价值性和中介性等特征；人工自然界来源于天然自然界，既有自然属性又有社会属性；人工自然界在总体上经历了从简单到复杂、由低级到高级的演化历程，它的发展既遵循天然自然界的规律又遵循其自身的特殊规律；争取认识技术的经济价值，通过研究、开发和应用生物技术和生态技术，采用生态科学和系统科学的方法，创造资源和环境友好型社会与生态的人工自然界。强调实践的作用和意义，主张人工自然界和天然界的和谐统一。关注最能体现人的本质力量对象化的创造领域，超越了以往认识狭义天然自然的范围，拓展了天然自然观的研究领域。它在人与自然界的关系上，克

---

① Alewyn, Richard: *Eine Landschaft Eichendorffs*, in: *Romantikforschung seit 1945*, *hrsg.* von Klaus Peter, Königstein/Taunus 1980, S. 85-102.

② Böhme, Hartmann/Scherpe, Klaus R. (Hg.): *Literatur und Kulturwissenschaften. Positionen, Theorien, Modelle.* Reinbeck: Rowohlt, 1996, S. 45.

女文学就是找到了声音，以不同的方式和视觉审视白人话语权，其他的社团例如少数民族、殖民地和同性恋者，正是在后现代话语体系下才有可能挖掘出不同中心声音的价值，这种声音已经习以为常①。文学提供了一个谈论公众问题的舞台，这种拓展首先得益于女权主义者，例如耶律内克，还有功于一些政治性文学家，例如克里斯塔·沃尔夫(Christa Wolf)，反思权力和话语，文学不仅表现为声音的权力，同时也加速权力的声音。

考虑到人类对自然的态度，自然环境可以看作另外一个身体的灾难，作为其他社区遭受的白人基督教意识下的白人统治的灾难，针对这些没有声音和牺牲者的社区，自然环境文学上没有声音，没有人类的语言，自然环境只能看作是另外一种身体，在白人男性统治下的受苦社区，没有发声的东西，不像人类有语言，自然进入文学只能通过作家的多棱镜。

生态声音的定义一部分是主体问题声音，诗学的声音作为一个文本创作元素，是一种意义的保证，文学可以通过选择和淘汰的过程留下主观的特征。巴赫金说，现实如没有经过折射，原始的状态就无法进入文学的中心。不同的文类(Genres)，例如侦探和恐怖片，是传统和正宗在作品主观问题上的明证。蕾丝莉·费德勒(Leslie Fiedler)认为女性主义文学无论虚构转折怎么发展，其趋势为——女性的人物变成了一个重要的传声筒，再也不是男性话语附体。

生态文学可以定义为处理人类与自然关系的作品，博尔施对森林缺失表示哀叹符合这种概念，也切合了费德勒主观问题需要声音的要求。博尔施的技巧还是以人为中心的，诗歌里自然环境的感情和诗人的震撼非常相似，河流的拟人化强化了这种怀疑。树木的美都是人类的赞美，洪堡指出，所有的文化形式本质上是以人为中心的②。

自然按照人的本性，人的力量将自然按照自己的想象构思，具有限制性的想象，从宇宙大自然中抽取一块而变成独立的一个自然，找出自然世界自己的美学往往变成了一种人类的梦想，动物以人的语言思考，这种叙述策略便于读者的共鸣，表面上防止人类态度的渲染，制造了不同于人类的角色，这只能引起对自然环境的

---

① Jost Schneider: *Einführung in die Roman-Analyse*. Darmstadt: Wiss. Buchgesellschaft, 2003, S. 26.

② Anz, Thomas: *Literatur und Lust: Glück und Unglück beim Lesen*. München: dtv, 2002, S. 135.

某种关注，但没有提供自然环境的新思想和方法，这种减少自己作为作者权威的努力实际上加强了自己的作用，只是将这种加强权威变成默认方法。作家应该找出一种平衡，调节和颠覆占统治地位的言辞方式。既要强调生态的声音同时注意叙述技巧是不容忽视的问题。

叙述者采用何种方式将事件送达给读者比叙述者如何理解事件更重要。热奈特(Gérard Genette)主张那些不唐突的叙述，如有人在给读者讲故事，邀请"我"去聆听。热奈特使用的是第三人称单数代词指代讲故事的人，法语中没有中性的人称单词第三人称，这种讲故事的人可以用动物性的"它"来代替，因为讲故事的人是以超人的方式从一个角度跳到另外一个角度，不管谁在讲故事发出声音或者声音有多不统一，我们透过幕后都能感觉到一种机构组织的力量，即使声音包括多数不同的角度①。

文学对声音的不同理解作为一种文学研究的途径，社会学的理解是一般化的、模仿式的、政治性和显性的，而叙述学家要挖掘的是技术、符号和作品的特殊视角。社会学家关注的是讲述者对事件的理解，而叙事学家要研究的是叙事者的风格特征。表面上看，这种分法是有道理的，但是，如果出现了一大堆人物组成的声音单元的话，这样可能没有人的理解与这个单元发生关系。作者是艺术家，何种视角都有可能，社会学的、政治学的，甚至是生物学的。如果我们人的视角被社会语境影响，那么叙述学和社会学的声音不免太简单化和绝对化，陷入二元对立的境地。本来二者可以互相交流现在大打折扣，可以想象二者或是孤立的。

如果没有叙述学上对声音的研究，文学被降格为社会和意识形态的传输器、社会的反应器，这样的话文学自身未形成独立自在体②。形式主义的诗歌可以将文学从人类历史中割断关系，当作真空的存在，将两者结合较为少见，巴赫金是例外，女性批评中鲍尔和兰泽是例外。社会学的诗学批评与巴赫金完美结合，坚持将社会现实加入文学中，文学结构如同每一个思想结构，映射的是经济学的事实，用文学自己的方式，特别批评那些建立在艺术结构上坚持意识形态方面独立的作品。形式主义艺术家并没有逃离批评，他批评文学超出社会存在的信念，巴赫金将文学

---

① Agamben, Giorgio: *Das Offene*. Der Mensch und das Tier, Frankfurt/M., 2003, S. 176.

② Dunu, Elias Onwuatudo: *Modernisierungsprozesse und Literatur. Bedrohte Lebensräume in deutschsprachigen und subsaharischen Erzähltexten des 19. und 20.* Jahrhunderts, Hannover, 2000, S. 207.

理解成一种文化符号学，没有系统解释任何东西，它能展示和让人感觉新的思想，不过它还是植根于现实，所以他认为文学是意识形态的诞生地。

生态批评不强求以理论框架来解剖文本，如果作家旨在颠覆兰泽所说的叙述规则，生态文学的研究就需要研究叙述结构，他发现大部分叙事并非处理生态问题，例如二氧化硫问题，新闻记者涉及生化危机，要求解决灾难方案，出现胜利的转机，叙述给予人们一种结案的感受，但生态危机并没有那么简单，一切具有不确定性。珂勒惠支说，真正的、物质的生态危机，是一场文化的危机，展示的危机，所有的人，包括艺术家和文人，都参加了一场没有结局的彩票游戏。解决的方式不是用动物借人说话这么简单，而是要改变理解。艾米丽认为环保是以一种无效的达摩克利斯之剑，保护本身就包括了控制，是一种人类为中心的行为。聚焦在人类认为美的地方，这并不是生态批评的价值，要重新调整我们的思想和感觉，新的美学，将人类和自然置于同一平面，作家一定要摆脱传统的环境意识，重估西方流行的技术至上、资本至上主义，研究新的自然观和叙述模式，使自然界作为亚群体有一种属于自己的声音。

德国文学在过去最重要的特点是对环境问题各种关注，生态文学的叙事重点和对生态难题的看法，不同作品出现不同的主题，呈现虚构和现实、文学与生态的联系，这两个问题的提出实际上涉及到自然的评价和生态声音。

第三节 德国文学的技术与自然因素

“人·自然·技术”是2000年在德国汉诺威举行的世博会的口号，是德国向世界展示新世纪对饥饿、贫穷和环境恶化的解决方案。选择这个主题并非偶然。德国市民拥有很高的环境意识，是德国人引以为荣的事情。德国政府的一些环境保护作为是世界领先的，例如海上清洁、减少工业污染、核能安全保护以及制止全球变暖。对自然和环境的持续关心是德国文化的一部分，这可以追溯到浪漫派，甚至是更早的德国人自我认识中。作为爱好自然的民族，德国曾经在工业革命相对落后和政治不统一，德国被认为在道德上崇尚简洁，不同于法国枯燥的理性文明主义和英国贪婪的重商主义。

德国的意象作为生态治理的先进国家并非完全符合事实,虽然德国现代化的道路在全球范围内并不具代表性。第三帝国极力推崇战胜自然,借助自然宣传暴力是第三帝国崇尚自然的真相①。德国的历史逃脱不了其他国家现代化所面临的难题。在外部开发自然中,人类不得不面对内部的自然——人性问题,让我们人类同自己异化,人类以自我决定能力为荣耀导致无情地开发自然,纳粹统治者显示出生理学上的残忍性和现代文明进程的破坏性。他们对自然的崇拜中掺杂野蛮主义,根源都在于技术官僚,接近尼采的自然理想——表面弱化文明,接受达尔文的等级进化理论。强迫自然有一个秩序,不是顺从而是在根除自然的多样性。20 世纪德国的文化传统被打破,对自然态度表现出的荒谬性值得研究。

生态人格是指个体人格的生态规定性,是伴随着人类对人与自然关系的反思以及生态文明的发展,基于对人与自然真实关系的把握和认识而形成的作为生态主体的资格、规格和品格的统一,是生态主体存在过程中的尊严、责任和价值的集合②。

首先,生态人格是一种适时顺势的人格范式,是适应生态文明的发展需要而塑造的人格。20 世纪 60 年代以来,随着绿色运动的兴起,环保理念逐渐深入人心,人们的生态意识得到进一步增强,其所蕴含的价值观正在悄然地重塑人的心灵,并催生一种新的人格类型的出现③。同时,由于农耕文明对自然的依附性不断被摒弃,工业文明的单向度人格不断被反思,在当今全球生态危机背景下,人们对生态价值的重视和对生态精神的渴望正在持续发酵和增长,这种新的人格类型已经呼之欲出。

其次,生态人格是一种自觉地、有意识地、能动地建构起来的人格类型,是人类心态与自然生态相融合的结晶。心态即人类的精神状态,是价值观、世界观、人生观的统一。在人类陷入精神危机、面临精神家园丧失的现当代,心态处于边缘化,陷入焦虑与矛盾中,变得不再健全。生态人格的塑造正是人在面对困境时发挥主观能动性所得的唯一出路,其目的是重新建构人类与自然的深层次联系,重新思考

---

① Gernot Böhme: *Für eine ökologische Naturästhetik*, *Frankfurt a*. M.: Suhrkamp, 1989, S. 291.

② auß, Hans Robert: *Ursprünge der Naturfeindschaft in der Ästhetik der Moderne*, in: *Vom Wandel des neuzeitlichen Naturbegriffs*, hrsg. von Heinz-Dieter Weber, Konstanz, 1989, S. 207-225.

③ Neuroth, Vera: *Sprache als Widerstand*. Peter Verlag, 1992, S. 45

人类精神在自然中的地位，从自然中汲取精神资源，从而实现人格的完满。

再次，生态人格是一种既与心理人格、道德人格、法权人格相区别，同时又存在内在关联的综合性复合型人格。传统意义上的心理人格、道德人格与法权人格是完全脱离了生态环境而独立得到确立的人格。但是，生态人格的确立，实质上包含了法权、道德和心理人格的整体生态化转型，使之获得生态内涵。这种人格不仅要求人们形成生态化的思维方式和价值观，还要求人们在追求自我道德和心理完善的过程中致力于实现自我人格与生态环境的和谐统一，并在生活实践中自觉地成为维护生态环境的责任主体。

生态人格体现了对“求真”的理性追求，即生态人格要求人们必须拥有丰富的关于自然生态系统的知识，具有自觉维护生态系统平衡与稳定的生态智慧，并以此来正确地认识和处理人与自然的关系。马克思曾指出，人靠自然界生活。在此意义上来说，人作为自然的存在物，只有享用自然的权利，而没有占有、宰割自然的权利①。人类之所以具有享用自然的权利，首先是因为自然具有满足人类需求的可享用性。其次是因为人类具有享用自然的能力。人类享用自然必须以保证自然对人类的可享用性为前提，要享用自然必须改造自然，向自然索取，使自然为我所用，而要保证自然对人类的可享用性则必须建设自然，向自然奉献，使自然持续发展。因此，人类实践应当保持人类赖以存在的环境与条件，不要也不应该破坏、污染基本的生态过程和生命维持系统。如果说，享用自然是人类的基本权利，那么，维护自然的可享用性则是人类的基本义务。但是，在相当长的历史时期内，人类对于自然的认识却是片面的，人类并没有认识到人与自然关系的内在统一性、全面性和丰富性。

生态人格体现了对“择善”理念的完满诠释②，即生态人格在道德责任上打开了人对自然的关怀之窗，将道德关怀的视野从人类拓展到了整个自然界③。生态人格超越传统人格，从人与自然的关系和人与人的关系互相影响、互相牵制的维度重新审视人类赖以珍惜的道德品质，赋予它们崭新的内容和气质。同时，生态人格

---

① Bekes, Peter: *Formen der Erzählung vom Beginn der Moderne bis zur Gegenwart*. Bd 2. Stuttgart: Reclam, 1999, S. 310

② Worster, Donald: *Die Wohl der Natur*. Umweltliche und ökologjsche Imagination, Berlin, 1993, S. 4.

③ Zimmermann, Jörg: *Ästhetische Erfahrung und die "Sprache der Natur"*, in: *ders.*, *Sprache und Welterfahrung*, München, 1978, S. 234-256.

是由拓展与超越传统伦理的环境伦理来涵育和教化的，环境伦理不仅需要藉由调节、导向、教育、辩护等相互作用、相互联系的功能来实现其保护环境，促进人与自然和谐的社会控制能力，而且需要通过提高和改变个人的道德认识、道德情感、道德意志和道德行为，从而提升个体道德品质。生态人格正是在环境伦理的这种社会功能和个体功能中达到自我实现、自我完善的道德特质。

最后，生态人格体现了对“审美”的深刻体悟，即生态人格要求人们具有感受自然生态之美的特殊审美意识和能力，并不断培育生态审美情感。审美情感是审美主体对客观审美对象的一种心理态度及体验，是对审美对象与审美主体之间某种关系的反映，而不只是对客观事物本身的一种反映、认识活动。生态美感是在生态审美过程中，审美主体的生命节律与审美客体的生命节律、审美主体的情感态度与审美客体被感知的情感价值取向产生对应和谐引发的。只有用心去感受自然，使自身与自然相融通，从而和其万象，使得人类社会与自然生态共生、整生，体会其超然的生态美感境界，最终实现人与生态的全面发展。生态美感的树立对改变人类以物质生存为中心的生存方式，提升人的精神境界，进入人与自然的精神和谐具有独特的作用。伟大的中华民族历史源远流长，中国文化更是博大精深，在世界文化的发展史上有着举足轻重的地位，这足以使每个中国人感到荣耀和自豪，是中华民族的重要凝聚力。中国文化是中华民族在中国古代社会形成和发展起来的稳定文化形态，是中华民族智慧的结晶，是中华民族的历史遗产在现实生活中的展现。

文学如何暴露当下人们行为中隐藏的傲慢，反思人类的行为和涉及环境的选择，生态学聚焦文化分析上自然和自然性的理解和表达话语性。原则性的感觉是再塑我们和自然的关系，人类不得不考虑作为物种长期的生存条件，生态批评不能简单理解工具化的方式，早期的生态批评谈不上是理论，忽视了文化生存的复杂性和亚文化书写，20 世纪 90 年代中期以来大量的理论著作被出版，生态批评虽然贴上各种讨好的标签，但在文学届中只是边缘位置，只是在文学大餐中掺杂些所谓生态元素和技术的概念①。

---

① Frühsorge, Gotthard: *Landleben. Vom Paradies-Bericht zum Natur-Erlebnis. Entwicklungsphasen literarisierter Lebenspraxis*, in: *Tradition, Norm, Innovation. Soziales und literarisches Traditionsverhalten in der Frühzeit der deutschen Aufklärung*, hrsg. von Wilfried Barner, München, 1989, S. 165

德国在生态文学理论领域并没有步英美后尘,而是纳入德国自己文学理论家的传统优势即“主题(母题)研究”(Motivforschung)。“生态”(eco)这个词缀勾起人们的时髦想象,超出了文学想象至少带有实用性质。英美文学的生态批评和德国文化研究包括“家乡”地域身份研究,文学风景研究和技术批评以及自然研究形成对比①。从歌德到赫曼·略斯(Hermann Loens),跨学科有关自然的演讲、会议和研究将零散的自然概念和环境哲学家、历史学家和心理学家一道结合在一起。但在纳粹的阴影下,神秘的自然概念是难以逾越的鸿沟。

最开始的问题是有创造性的写作在环境讨论中的作用,这场讨论不仅仅是英美生态学家所发动的,也包括德语思想家如阿多诺,盖诺特/哈特曼·伯梅(G. Ernot/Hartmann Boehme)、彼得·芬克(Peter Finke)和胡博特·察夫(Hubert Zapf),与环境问题相关的包括对现代的态度,对进步、科学和技术的态度,对自然环境的处置和关注,对动物的态度,城市的绿化,有代表性的德国文本。在文学体裁方面叙述散文占主导,诗歌、散文和戏剧都有涉及。避免一些太有名的作家例如布莱希特的《给后出生的人》、格拉斯的《母鼠》以及克里斯塔·沃尔夫的《核事故》,因为这些已经在环境讨论中大量讨论过。例外之处就是恩岑斯伯格和沃尔克·布朗。一些前辈人物如歌德、凯泽(kaiser)、洛克(Loerke)、阿释尔(Alscher)和古柯(Gurk),也包括一些不为人所知的当代作家如汉斯·希布卡(Hanns Cibulka)、卡尔·阿美利(Carl Amery)、居丽·科赫(Jurij Koch)、赫斯特·斯特恩(Horst Stern)、克里斯提娜·布克那(Chirstine Brueckner)、伍尔夫·科斯特(Wulf Kirsten)、君特·叟里(Guenter Seuren)和克劳斯·莫迪克(Klaus Modick)。前面一批大家虽然没有与核环境讨论直接发生关联,但是对民众的自然意识起着不可取代的作用,对科学与技术,人类学对环境的转向都有作用,后面的作家对环境的批评和关注非常明显,贡献新的观点。

德国作为一个民族,20 世纪的现代化程度非常高,体现在技术、城市化和大众媒体的利用上。但德国一直是文化悲观主义的始发地,政治上倾向复古主义。这里讨论的不仅是对技术进步乐观主义和文明批判,对社会和文化转向反对,避免对

---

① Ehlbeck, Birgit: *Denken wie der Wald*. Zur poetologischen Funktionalisierung des Empirismus in den Romanen und Erzählungen Adalbert Stifters und Wilhelm Raabes, Bodenheim, 1998, S. 20.

复杂问题单一解决方案的怀疑能力，用新鲜的视角看世界，找到表达形式，找到最初的试金石，即使是失误也具有启发性。

社会、政治和技术现代化方面的书籍要反映20世纪人们的焦虑，形成人们对自然与科学观察方式的改变，重新塑造并重新评价自然概念，用来检查我们人类成就，哪些对环境对我们与环境的关系能通过形象叙述问题和其他新手段来反思。生态批评是进入研究当代文化的手段，从不同角度看待这场运动的不同时段轨迹，德国文学涌现的各种体裁作品，生态批评对作品保持自然赞同和自然怀疑论的审视态度①。这两种态度都认为文学中的自然是一种客观的存在，将文学写作当作自然的语言学结构来分析，同时比较文学艺术潜在的对人类促进自然意识的作用，伯梅的环境美学与察夫(Hubert Zapf)的文化生态学都提到文学在其中的决定性作用②。批评技术和科学，将歌德当作思想家和作家，对于20世纪70年代以来生态转向对德国自然理念影响最为深刻。歌德的诗和散文使得环境主义的思维变成绿色的，自然理解和人类天性之间的站立，尤其体现在《浮士德》第二部中得到很大的反映。阿多尔夫·穆施克(Adolf Muschg)、汉娜·希布卡(Hanns Cibulka)、克劳斯·莫迪克(Klaus Modick)和沃尔克·布朗作为生态解读和歌德式思想与叙述学创造性的调整。

创造性的想象在20世纪扮演着反话语的角色，多模态的理解自然与我们关系的科学理性主义，伯梅将自然的原则概念归纳为西方的宇宙，阐释性的、技术的，生态和文化课题。这种概念具有的历史语境对20世纪作家有着广泛的影响，评价流行小说的优势和劣势，提出环境运动新的争论点，塑造成熟的读者群③。自然的理解是作为文化项目，文学作为整体，支持接受生态学家的挑战，参与解决环境危机，暴露技术官僚、工具化、社会不公正和环境破坏，阐释艺术的意境，或者提供相反的愿望，重新树立生物圈之间的关系，人类与非人类万物之间的新型关系将取代以往人类为中心的思维标签。

---

① Weigmann, Gerd: *Ökologie*, in: *Udo Ernst Simonis (Hg.)*, *Öko-Leikon*, *München*. 2003, S. 148.

② Zapf, Hubert: *Zwischen Dekonstruktione und Regeneration. Literatur als Kulturelle Ökologie*. Tübingen, 2003, S. 289.

③ Schama, Simon: *Der Traum von der Wildnis*. Natur als Imagination, München, 1996, S. 109.

第四节　德国当代文学与欧美生态文学

自然资源面临枯竭这个危机已经慢慢浮现,尤其是能源储量,据估计现有自然储藏量按现在消费速度其供使用量已经不会超过 30 年,气候变暖、经济增长已经在慢慢改变对这个星球人类生命和非人类生命条件的看法。不同地区遭受全球变暖的影响不会一样,但对每一个政府都存在挑战,社会和个人都逃脱不了。布威尔在《环境未来批评》中指出,环境问题不仅仅是生物学家和环境学家、工程师以及大学环境学科政策制定专属部门的任务,环境问题还应该是文化事业。环境危机最终是认识论问题,是错误的判断和不当的思维模式造成的,清理这种思维模式的首先应该是哲学的任务。人文学科的历史和文化研究包括文学、电影、艺术史、教育、媒介、社会学、文化地理学、宗教和心理学等都应参与到这种挑战中来,概念性和推论的科学不能和想象和文化传统分离。技术创新和行政改革的动力来自环境价值和期望的改变,为之提供背后支持。形象性的艺术是转变过程中的生死攸关的因素,对文学的描述、批判分析和评估以及美学的自然,伦理学和文化理论是环境批评中心论的对象。已经作为环境导向的文学艺术研究被广泛接受,不过文化研究方面的环境转向并没有形成统一观念,生态批评既没有形成连续的文学文化理论,也没有发展成某种特定的方法论①。

生态批评尚未建立新的思维,而是形成了被忽视的亚文体,从自然书写到生态自然小说,挖掘了环境亚文本在传统经典作品中,识别或者重新阐释有名的题目,例如乡村风景题材的启示录文本或者生态启示录式的文本。生态批评并非总是在环境危机前提出治理方案,而是从长远角度重新审视我们的内心深处对自然的态度,其主要任务是矫正人们头脑中隐藏很深的将自然与文化对立的习惯思维。在现代早期,培根和笛卡儿隔断了人与人类以外的关系,将人与非人之间的关系简化为占有和被占有之间的关系,这种态度是环境灾难和资源过度消费的现象背后的成因。

---

① Finke, Peter: *Kulturökologie*, in *Ansgar Nünning /Vera Nönning* (*Hg.*), *Konzepte der Kulturwssenschaften*, Stuttgart, Weimar, 2003, S. 257.

生态批评作为后马克思主义的、问题导向的学说，同女权主义、同性恋研究和后殖民主义并行。它专注自然和环境的不平等现象，同性别研究和种族研究一样促进文化转变。区别是，文学很难自动地为自然说话，而性别、种族等问题代言人比较容易找到代言人，文学代表沉默的或者没有话语权的社会团体，但文学不能自动作为自然或者非人类的动植物的语言，作家能在人类认知范围内嵌入生态的或者环境保护性的意识话语，生态批评为作家寻找这种恰当的方式挖掘并开创某种模式。生态批评分享一般的伦理义务，不管是不是正义的活动，都将致力于找到至善的途径，解决艺术如何再现展望人和非人类的共处网络。

生态批评新阶段的任务是推动文学与其他文化在表述人类与自然世界关系的思想和信息，所有文化上对自然的再现都鼓励有新的自然书写观念，最大的目标是推动环境关怀的意识，使这种意识一开始就进入教育理论和实践。

环境描写既要依存于事实同时又要有观点，如果环境书写忽视了自然的知识将是危险的，环境文学的目标是让读者与自然重新互动，传统的文学模仿功能固然重要，但文学与环境的互动关系也很重要。文学仅仅局限于客观反映论是一种较为幼稚的认识论，不值得提倡，应当强调反思和塑型功能在文学作品中培养和形成新的自然观和环境意识。

人类的历史也包含自然的历史，人类的利益并非生来是唯一的合法利益，人类对环境的责任是文本的伦理方向①。构成环境方向的文本，基于人们从小地方到大城市生活而与环境关系发生变化的母题。作家不应该以自我为中心，而是应当以生物为中心，以环境作为实物，不是将简单的保护自然作为静态的，一成不变的。

约翰坦·巴特的散文《气候生命》(1996)讨论什么可以成为文学性，没有什么不可以还原为接近文本的方法。巴特重新解读拜伦的《黑暗》和奥德《致秋天》，认为所涉及到的小岛环境的恶化是欧洲气候的后果。浪漫主义诗歌揭示气候可以一同构筑人类的条件，这种经典的文学文本是比较少的，可以用来抵消形式主义批评，将浪漫主义的文学当作反政治的避世哲学，让新历史主义重新组合意义而形成隐蔽的意识②。

---

① Bätschmann, Oskar: *Entfernung der Natur: Landschaftsmalerei 1750–1920*, Köln, 1989, S. 46.

② Bekes, Peter: *Formen der Erzählung vom Beginn der Moderne bis zur Gegenwart. Band 1*. Stuttgart: Reclam, 1999. S. 143.

第一波的生态批评诞生于20世纪70年代，其在早期回避同文化理论结合，布威尔、巴特和科布尔指出生态批评的文学不需要回到理论界也可以有新的认识，那种理论是现实主义的文学，是纯粹反映论。例如对全球变暖现象的批评揭露文化和自然的关联性，这就是巴特所主张的新的批评方向。批评话语从20世纪60年代到80年代一直如此。20世纪70年代以来身体批评的发展，同时将生态主义和女性主义，以及种族批评、男性气概批评、精英主义和异域研究等结合起来，解构文本中自然的性别化，利用巴赫金的对话作为理论框架来涵盖女性主义和生态学，西蒙·爱斯托克(Simon Estok)认为生态批评应避免陷入怀念田园的陷阱，回避20世纪生活的复杂性。

白人中产阶级男性的生态批评面临双重挑战，一个是生态女性主义的挑战，另一个是环境正义主义行动的挑战。生态女性主义建立的前提是历史父权结构的历史和人类统治非人类。原则性的文学目标是抵抗文学阐述中的男性中心主义。重新检讨科学历史，一方面，女性生态学和环境哲学，生态女性主义的斗争在对待女性想象自然上，自然形象编码作为女性意味着对自然和女性的双重压迫；另一方面，文化生态女性主义反对本质主义，关心女人和自然的关系不注重历史主义而是内在性，强调母性的想象，将母性泛化为地球之神。文化生态女性主义在美国体现为女权主义和环境运动，而社会生态主义主要贡献是生态批判理论。

人们对一些理论设想提出了疑问，以中产阶级为中心的第一波生态批评正在被超阶级的种族意识的社会生态批评取代，艾斯托克和他的同事对环境种族主义的盲目性展开了争论，从原野转移到城市和毒化的风景，对自然环境和人类改造的自然进行双重关注，包括城市、伦理和自然的观点推动检视历史和政治在哪些方面对自然不公正，作为文化和社会压迫体系的纠正，对被驱逐的民族和环境压迫的关注中推动地域研究①。

生态批评的发展并没有忽略环境主义和法国后结构主义，以及现象学的理论，文学批评运用新的神经生理学，生物学和自然生态学，并结合了早期的环境地理学。

抚平文化理论和自然科学的沟壑仅仅是生态批评的任务之一，但并非全部，生

① Ders. (Hg.): *Literatur und Ökologie*, Amsterdam und Atlanta 1998, S. 230.

态批评者与环境学家和历史学家不同，他们更关心失误应该怎么样而不是事情是怎么样。生态批评的批评手段多样化从最初的非虚构自然书写，自然诗和荒野虚构，今天已扩展到其他文类，科学虚构、恐怖小说、媒体和风景小说，人造环境如公园、动物园，购物中心等。研究生态的语言本身扩展到修辞、叙述学和肖像学，加拉德(Garrard)认为生态批评在修辞和叙述策略上可以适应其他的文类包括叙述、比喻和意象。加拉德将污染、田园、荒野、预警、栖居、动物、地球作为主题结构建立了人类在自然未知的前想象，这些传统对环境话语起到固化作用。作家和艺术家在自然和文化之间传输和处理，真实和想象的自然，合成和过滤了比喻功能。

环境关注在私人和公共领域得到重新整合，环境意识和绿色政治在德国的20世纪大量出现，有很丰富的历史，德国的政治文化是传统的产物，并非在美化自然的同时批判现代和技术化的社会。20世纪70年代的绿色运动，被政治性的社会学家视为第三波文化批判，紧随着市民浪漫主义和乌托邦社会主义。反对城市现代化、工业文明，批判人类与自然异化，在大众社会里人失去了社区导致不可避免陷入堕落和腐败，环境讨论在现代德国根植于文化悲观主义，自19世纪晚期以来一直到20世纪中期，从尼采、路德维希·克拉格(Ludwig Klages)到斯宾格勒(Oswald Spengler)，都是代表性人物。

赫尔德尔(Johann Gottfried Herder)和浪漫派坚持他们民族与法国理性主义和启蒙有差距，与英国的物质主义和重商主义有别。德国认为自己与自然更具亲和性。德国从人种和文化上比其他民族更接近自然，与非人类有更多亲和力①。德国在走向现代化之前是自治独立城邦国和自由市，缺乏殖民地，有利于持续的自然资源管理，将“森林”作为德意志的象征，统一反对拿破仑对欧洲的占领，构成了德意志环境意识和动物的亲近性。19世纪晚期，对德意志这种自然的联想，被用来解释德国的经济发展和政治的落后性。家乡保护运动、自然保护以及历史建筑保护、传统艺术风俗保护等都能联想到保守主义、民族主义和种族政治②。

---

① Klötzli, Frank: *Ökosysteme. Aufbau, Funktionen, Störungen, 3., durchges.* Und erg. Aufl. Stutgart, Jena, 1993, S. 35.

② Ders.: *Deutscher Geist und deutsche Landschaft*. Eine Topographie, München, 2000, S. 48.

第一次世界大战后20世纪20年代的德国,其政治现状导致许多理想主义团体的成立,其中有名的是候鸟运动(Wandervogelbewegung),该团体主张回归自然,但最终被曲解,于是走向与种族主义的思想结合。简单自然的生活神话变成军事扩张的工具,最直接的是土地和血的理念,纳粹对自然的理解保持着“反动的现代主义”。纳粹宣传色彩的自然概念一方面带有精神分裂型的伤感主义,同时又毫无顾忌地对自然进行糟蹋性开发。

自18世纪以来,传统的自然概念视自然为静态的和谐体,而到了现代社会将自然视为动态的、有机的过程。历史事件和社会塑形类似于自然有机体。社会达尔文主义的社会力量被认为是自然的力量,战争被认为是自然现象。纳粹毒性的思想——“自然感觉”借助浪漫主义的自然美学在大屠杀悲剧中深层次地起着推波助澜的作用。整个思想意识都是“神化”,从社会返回自然,自然成为法西斯的血与土地政策的代名词,这是所谓德国的原始自然感觉,要求根除劣等以及非纯粹的民族。保护森林和推广有机农场,解剖合法化,坚持自然保护和同时兴起打猎这种象征掌握自然的活动,在社会上推行福利、优生学,消灭所谓吸血性民族等“自然淘汰”思想①。

虽然1945年纳粹被打败,其毒性的自然意识逐渐被清理,但纳粹思想中对现代批判的意识并没有减少。荣格批判现代技术《技术的完美》,十年以后,雅斯贝尔斯(Karl Theodor Jaspers)发表演说反对原子弹。新的环境关注起因出现在20世纪50年代,国际上的原子弹爆炸实验,由于农场工业化使国内的城郊面貌彻底改变,一些作家如君特·艾希(Guenter Eich)、阿诺·施密特(Arno Schmidt)以及汉斯·马格鲁斯·恩岑斯伯格(Hans Magnus Enzenberger)举起怀疑技术的大旗,利用浪漫主义的自然理想,采用启示录式的、讽刺的笔调批判阿登纳时代的物质主义和德国重新武装化政策。

但是,当时的社会也存在一些经济乐观主义和技术拥护者。居住在城市里离开清净自然的那些人在文学作品得到类似欣赏自然的快感。奥德·玛屈德(Odo Maqurard)发展出一种理论,认为文学的补偿作用是人类的任务,文学在我们这个科学和技术的时代缺失,包括传统价值的确认,文学以整体概念来弥补人们残片化

① Ders.: *Deutscher Geist und deutsche Landschaft*. Eine Topographie, München, 2000, S. 48.

的现实印象①。由于科学技术工业的加速进步，人类变得没有历史感，回顾昨天的历史带来了感情、自信和方向感，而这些在人类心目中被遗失的部分，借助文学帮助人们在多彩的、没有被陌生化的、有意义的世界生活实现梦想。玛屈德不认为人类有能力给予我们真正的洞察力，对技术化、逻辑化的工业社会有现实的影响，确认社会稳定作用，人类和科学的关系是更加确切地描述互补性而不是补偿性。

约克・西蒙曼(Joerg Zimmermann)是少数论述美学对生态讨论具有潜在功能的作家，1982 年他写了一本叫《人的自然图像》的书，这本书堪称美学的自然概念史。他倡议借用 18 世纪的艺术理论来回答当下的生态讨论，艺术的任务应该定义为让作家将自然作为根本责任，这让人们回到模仿时代的再现自然，模仿自然这种观念在现代艺术理论中一直遭到抵制，对自然不是庸俗附和而是反思。18 世纪对艺术化的自然(英国花园)理解，意味着只有个性是寄托人类社会和自然之间的媒介，新自然美学的理想是借助诗来传达艺术与自然，18 世纪风景的艺术化，艺术的手段是对自然的模仿，实现的标准是多样化、个性化的身体的表达，和对妩媚和统一化的反抗，这是对自然技术化处理的必然结果，将自然的生活多样化，霍尔德林将之引申为人类的本质情绪。

康德的纯粹理性批判包括对自然的理解，启蒙思想打破了亚里士多德的自然观，积极的主体，代之以机械化的永恒法律，自然变成了有待利用智慧和自由去理解和开发的客体，再也不是与人一样有机的，我们只能通过感情与自然联系。杰诺特以及哈特曼・伯梅(Hartmann Boehme)对前现代的自然不是放在启蒙阶段而是放在歌德和浪漫派上面，是与自然新的关系的预示②。

伯梅将自然理解为交流的主体，是理解自然必须要用自然的语言，自然的现象作为生命力的展示。帕拉克琉斯(Paracelsus)的自然科学计划建立在 16 世纪，对雅各布的 17 世纪神秘学说有重要影响，在 18 世纪末，自然的语言不再作为科学或者超自然的事实，在康德的判断力批判中作为美学的秩序，建构着人类的伦理。在歌德的科学书写中，歌德致力科学研究而反对实用主义的科学，他的科学哲学观是

---

① Zapf, Hubert: *Literatur als kulturelle Ökologie. Zur kulturellen Funktion imaginativer Texte an Beispielen des amerikanischen Romans*, Tübingen 2002, S. 301.

② Ehlbeck, Birgit: *Denken wie der Wald. Zur poetologischen Funktionalisierung des Empirismus in den Romanen und Erzählungen Adalbert Stifters und Wilhelm Raabes*, Bodenheim 1998, S. 129.

重新认识我们人类特殊的地位，我们也许想站在自然的外边去评价它，而我们实际上是自然机体的一部分，诺瓦力斯和艾欣多夫将诗理解为自然的沉默声音，和人的智能语言相似，来自于他们浪漫式的自然理解。自然的语言在伯梅那里解释为神的神秘语言，现在转化为具有个性化区域风景的声音。美学被伯梅定义为感性认识的理论，改变了人们对环境的态度，反对现代社会的裂痕和异化①。

① Koschorke, Albrecht: *Die Grenzen des Systems und die Rhetorik der Systemtheorie*. Kulturtheoretische Analysen zum Werk von Nikals Luhmann, Berlin, 1999, S. 49.

第二章 德语文学自然观察视角

第一节 文学史回顾

20世纪两次世界大战以及其后来的冷战充分暴露了技术滥用和核威胁，从而为德国战后文学中反映人在自然中的困境与挣扎奠定了基调。德国文学开始集中控诉战争及核战争带来的环境问题，以及相关的社会正义和生态正义问题，同时，文学对生态整体主义和如何找回平衡的生态观进行了深层次剖析和挖掘。战后的德国文学家不仅停留在形式上的描述，与德国政治化的文学总体趋势相适应，德国文学和作家们还直接参与推动绿色运动。

君特·格拉斯(Günter Grass)的《母鼠》通过"我"和拟人化的母鼠一系列常人见不到的历险，从老鼠的视角观察人类如何毁灭生态，毁灭人类自己，同时又嫁祸于别的生物，批判了人类中心主义反生态思想的丑恶性；马克斯·弗里施的《霍姆·法布尔》讲述了德国进入福利社会后人们精神上面的生态"灾难"，"能干的"法布尔最后与犯下乱伦之罪的情人——自己的亲生女儿一同走向毁灭；罗尔夫·迪特尔·布林克曼(Rolf Dieter Brinkmann)在其小说《向西一和二》中通过梦境中纯洁的自然与腐朽肮脏世界之间的对比，采用拼贴画的多媒介结合的特殊文学形式表达人类在生态面前保持平衡发展的渴望；莫妮卡·马龙的《飞灰》揭露了前东德社会主义建设中以牺牲环境为代价换来虚假繁荣的危害，以女记者的曲折调查为线索，人与自然的关系在小说中被扩展到讨论生态政治与身体政治之间关系的新层面①。

讨论人与自然的关系实质上是讨论人的自然意识问题，进而也是讨论自身的

① Agamben, Giorgio: *Das Offene*. Der Mensch und das Tier, Frankfurt/M, 2003, S.98.

问题。21 世纪初的发展让我们看得很清楚,生态危机的重心是与自然打交道的问题。我们不得不对自己习以为常的生活方式进行改变,对盛行的自然意识进行修正①。我们人类的自然意识其中的一点就是对环境污染的描述,危机的重心并非由经济造成,而是建立在发展、就业、福祉和幸福的错误理解上。是时候对主观逻辑大刀阔斧地改变了。过去的几十年,从不同的角度对环境问题的研究已经越来越多。这些研究除了唤起环保意识、分析和反思外,也试图找到解决问题的途径。因为危机也可能是一种机会。经济和环境的危机,主要由片面的全球范围的提高生产促进发展的压力危机,其带来的机会是,揭发了人是如何自我伤害的。如果人类自己没有节制地戕害自然,是因为已经习惯了人是自然的一部分,征服自然只能部分地达到在和谐的自然观之外,还有一个威胁人类、不可认识的自然的存在。

奇怪的是,文科研究尚未在广泛范围内研究这个题目,不能满足社会现实需求,其他的学科已经认真面对生态问题,但日耳曼学界到现在尚未开始将生态和文明危机的文化内涵和社会性进行综合审视,正如这些内涵在文学作品中未得到充分反思。生态取向的文学批评假若存在的话,对那些当代作家继承和发展的一些可悲的传统遗产,以及借用感知和美学传统去看待的风景类型,描叙方式以及自然比喻的研究如果说是文学的任务的话,那么对过去时代的文学作品研究工作在这种条件是缺乏的。

从文化生态学的视角观察 19 世纪的叙事作品,这也是对生态(文学)讨论的历史做贡献,同时引起人们对这一现象的注意,即走出仅仅研究自然景象和自然比喻研究方法,为的是看到人、自然、环境和文学之间的作用关系。如果人们将文学看作文化生态学的媒介,那不仅仅是在内容上分析文学题材,例如自然异化的问题,环保意识,还包括文学想象的文化作用问题(die kulturelle Wirkung literarischer Imagination),这种作用恰似生态学即生物学上的交互过程②。本质主义的自然概念结束以后,物质导向的自然理解方式过渡到功能主义的自然概念,现在没有人能够声称,某种自然或者生态学概念仅仅涉及到自然本身,反照或者代表自然。如果仅仅将自然视作人类实践的功能,视作与文化连起来作为生态学上的基本要素看

---

① Dies.: *Weltbild und Naturaneignung*. Zur Kulturgeschichte der Natur, Frankfurt/M, 1991, S. 33.

② Nünning, Ansgar/Vera: *Einfühung in die Kulturwissenschaften*, Stuttgart, J. B. Metzler, 2008, S. 7

待，带着这个眼光去读传统的文学作品的话会有意外的收获。

什么东西促使了范式由物质性向功能性转变，这就需要对自然和主观关系的发展过程有一个粗略的了解。

几个世纪以来理性大规模地征服自然，理性不自觉地同自然脱离了关系，其结果就是自然演变成纯粹的客观，变成了供人无限制支配的对象。起码人们是这样想的，我们当下处在这样的十字路口：要么固守原来的思维要么转变思想，因为自从人攻下自然以后，人并没有成功地开辟一条新的界限，理性实际上到目前为止是失灵的，因为理性控制不住自己，本不应该通过技术来塑造一切。

正是这种需要，伦理的界限还远远没有越过，理性必须对存在主义的自我设定进行反思，否则理性将会被自己焕发的力量所摧毁，通过这些有机的思考自然与理性的关系以使理性得以压抑成为意识。

在 17 世纪还不可想象，对自然的进步理解和自然征服，包括对自然的发现和发明，会对征服和探索者——人类自身会造成毁灭性的影响，而这一点在现在的看法完全变了。我们都看得到，(自然)科学和艺术对世界的看法是不同的。假若人们将这些视为复杂结构，那么摆在自然科学的任务就是，在复杂背后找一个简单的结构，物理学家汉斯·彼得·丢勒(Han-Peter Duerr)说过："自然科学的成就在于，复杂多样体进行接近式地解释，然后找出一条路，如何将这些复杂性化约为简单体。这其中所用到的方法就是分析、肢解和碎片化。"①诗学的观察方式与此不同，诗学的进入方式是通过语言："语言在此种情况不是下严密的定义，而是激发象征性意义，它试图阐释，努力激发那些用语言本身不能表达的东西……诗性语言试图将我们内心的光芒照射到不同的地方，照射到那些我们可以理解的地方。"既存在那里的东西实际上并不能表达出来。通过多重的折射诗学将拓扑学即现实关系网澄明。不确定性使感知变得轻松，防止异化，即所述内容纯粹是语言性的。另一方面，这种不确定性(Unschaerfe)又加重了想象的传输，高尚的艺术为取得真正的一致服务，如果达到了一致，语言所传达的体验将会比分析体验宽广和本质得多。从文化学的角度看，诗学即文学的这种功能换一句话说就是："文学看来提供很大

---

① Hauser, Susanne: *Der Blick in die Landschaft. Entleerung eines Konzepts*, in: [*Auslassungen*]. *Leerstellen als Movens der Kulturwissenschaft*, *hrsg.* von Natascha Adamowsky und Peter Matussek, Würzburg, 2004, S. 118.

程度的可能性，让人更清楚地理解那种些深层人类学素质和原始的生命力，是以形象化以及画面式的，而不是纯粹的科学式的理解。"①

不是科学思维同诗学—美学思维之间的矛盾，而是它们的合作让我们去寻找一种解决问题的方案。跨学科的心得和文化学的研究促进了文学与自然科学的合作发展，展示了新的观点。对我们生活的世界看法的改变要求不仅仅是有效地的行动，还包括一种思维转变和对环境的观察，如何同自然打交道必然会因此改变。现实的讨论主要是技术和经济的解决方案，（生态文化学的）研究重点是放在进步的自然改变的每一意义上，借助文学对自然和风景的描述上。归纳入文化生态学范畴内，不仅丰富了理论，而且还提供了确切的文本，将原来生态批评的研究思路引向固定的，具有文学史物质性的研究上。

18 世纪所有的生态基本意识都建立在人类已经改变的观点上，人不再是不变的生物，按照一个理想的原型被创造，而是进化的，史林德（Linne）、布封（Buffon）以及柏布（Pope）都可以算是这种观点的代表。自然中的一切都一直存在于发展进化中的观点不断深入人心，对人赋予了新的含义。布封在《历史自然学》中提到，"原始的自然是可憎的，像死的一样"，自然通过精神不断地提纯，通过人手满足人类的需要，产生了与人的复杂关系，完全不同于以前的几个世纪，到 18 世纪后半期最终产生了正面的自然概念。

随着新自然观的出现，发现了新的主观性。世界的基本支撑都变了，自然和人之间的关系再也不是原始的，上升的自然科学，膨胀的经济形式以及个体自由的渴望迫使自然意识不断提高，这又影响了自然，确切地说是对自然地处理。哈姆特·伯梅（Hartmut Boehme）对这种交互式作用过程描述如下："生态反思和实践遵循自然的方法，那些方案是历史形成的，同时起作用的。人们怎样看待自然，感受或者感知自然，不仅引导人们与自然地打交道的形式，同时也决定了人们如何同自然打交道。这种关系反过来也成立，过去如何打交道，如何技术性的开发自然，决定了人们如何感知和体验自然的方式。"②例如在文学的风景描述中反映得很明显："主体发展出一种新的对生存空间的关系，主体致力于渗入自然地深度，寻找'无

---

① Bekes, Peter: *Formen der Erzählung vom Beginn der Moderne bis zur Gegenwart*. *Bd 2*. Stuttgart: Reclam, 1999. S. 322.

② Nünning, Ansgar/Vera: *Einfühung in die Kulturwissenschaften*, Stuttgart, J. B. Metzler, 2008, S. 31.

限’的风景。主体想成为自然的主人，赢得对自然的控制，现代文明的所有基本特征在文学上对自然和风景的描写上也非常明显。”

主体在解放过程中自然取得自主性，体现在自然关系的决定性上：自然面对人类拥有的自身法律的对立面。自然既不是上帝创造力的表达，也不是认识的客体，自然是一种传达感情的世界，一种可以抵达自我的场所。我们可以在同时代旅游文学中看到大量的自然描写，这表明，人类开始将包围自己的外界当作自然来理解，与自然发展一种美学关系，这就是文化的源泉，自然美学史的开端。

18 世纪总体来讲，自然在这个阶段被开发出感情，同时证明有伦理和道德，罗素的回归自然思想影响极大。自然变成一种社会性的标准原则：同自然打交道的过程中，社会生物人得以回归到自然的状态。德语文学中属于自己的“自然感知”时代应该到了，我们碰到一些诗学的自然描述，但这仅仅局限于一些树木、花卉和虫鸟，作为文学的一些点缀，并没有产生合成，没有形成完整的风景，直到 18 世纪才开始检讨千篇一律的自然描写，改变纯粹的自然母题，自然形成了被文学叙述的风景单元。

这个过程影响着人类与自然的关系，从 18 世纪开始现代化过程加快，直到当下。18 世纪之前的时代，在人面前自然看上去处于统治地位，自 18 世纪以后人类开始摆脱对自然的依赖，变成自然的对立面，人们逐步工具化地利用自然和自然资源：征服自然的广度越大，人就会越自由，并逐步感觉到自然变成审美反思的对象。对自然桎梏地摆脱造成了风景(欣赏)意识，同时给主体一个建构的角色，因为风景就是自然，自然对一个正在感受的观察者来说是美学的存在，按照约翰姆 · 利特(Joachim Ritter)的说法，风景是美学化的自然，是外在更大空间的审视形式，是理论精神的结果①。主体的建构角色在将自然变成风景，使自我具有认识论上的批判性，但是利特的实践缺乏理论必要的抽象，面对进入感官一直接的风景形象，这一点我们在现实和文学中都会有所感受。作为真实的外在空间，风景包括无数自然的现象如山、林、湖、海、云朵和风，还有地域以及人造的道路和街道，但这些并不赋予一种风景全部的和谐形象。

---

① Hauser, Susanne: *Der Blick in die Landschaft. Entleerung eines Konzepts*, in: [*Auslassungen*]. *Leerstellen als Movens der Kulturwissenschaft*, hrsg. von Natascha Adamowsky und Peter Matussek, Würzburg 2004, S. 117.

第二节　文学、德国风景与文化感知

鲁曼对文学和其他艺术不作原则上的区别，在交流和方式上都一样发挥作用，唯一区别在于，激发的体验顺序是否具有随意性①。艺术有机会激发环境话题，文学作为艺术的特殊形式一直涉及这个话题，本书单独用第一章讲了文学与环境的关系，尤其是特殊的生态言说方式。

系统艺术可以理解为社会独有的作用系统。随着18世纪进入现代社会以来艺术独立作用开始形成。艺术系统是独立的观点来源于古希腊时代在浪漫派那里得以加强，这种古老的命题在文学的社会史中长期以来未曾中断。鲁曼有关艺术作为系统论主要是三个方面：第一，结构主义意义上认识论基础，直接体现在“观察”的概念上，观察在艺术领域不仅发生而且具有自己独特的方式。第二，艺术系统的解密基于交流的符号自主性(Autopoiesis)。第三，艺术扎根于整体进化，其框架是系统/环境的区别。由此艺术具有两个社会外在环境：自然和心理系统，同时还拥有一个社会内在环境：其他作用于系统激发的交流。这个环境具有不同的形式，艺术的他指，导致艺术通向意义的观察，不单单是从系统激发的或者截取的环境。因为艺术通过特殊的密码控制进入艺术系统。密码决定系统接不接受，通过不同的程序例如风格、文类等细分，系统/环境差异也是通过重新在交流中进入系统，观察为导向得以利用，从艺术系统出发，环境即人类自然或者其他作用系统的交流得以被观察到②。艺术运行和其他感觉系统一样，也是通过自身与环境接触。这些让构件系统艺术变成可能：艺术的自在性自治和社会自然——外治建立联系。系统论继承了社会学的遗产。系统论成为生态朝向的文学理论的基础，自主性和联系性同时得到考察。在生态批评框架内，边缘性的社会存在的区别和联系同时得到解决。

在此条件下对文学生态学的主要兴趣是，它要在整体社会发挥的作用，它对社

---

① Zapf, Hubert: *Literatur als kulturelle Ökologie: Zur kulturellen Funktion imaginativer Texte an Beispielen des amerikanischen Romans*, Tübingen, 2002. S. 257.

② 同上。

会能做什么？面对其他的作用系统它能带来什么？问题是，作用和功能能否细化分析，这是生态批评无法实现的，能否让人认识到克服环境危机的机会以及传播生态意识。所以第一步应该是，艺术特殊交流形式以及特殊感知形式得以显现，艺术交流形式即编码化特性是否能够提供生态的交流机会将系统环境关系阐述清楚，并改变社会交流形式，在社会中设计并传播。艺术对克服环境危机所带来的贡献，让社会持续存在，这是问题的关键。这当中有一个艺术提供的特别的交流方式。艺术作为社会系统无非是沟通，是社会的执行，面对交流的区别是口头和语言。艺术文学是自身的，拥有自身的结构，二者都是中心，通过艺术功能和编码功用，才能研究出艺术和文学的生态学。

艺术的交流更多指的是艺术本身的交流。交流不是建立艺术系统，而是另外的发生系统，例如教育系统，此外，还要注意的是，艺术交流不是指语言的交流，因为艺术恰同语言保持竞争关系，普通的交流也参与艺术交流的心理系统中的一部分。艺术作为社会系统的交流最起码必须由两个心理系统参加作为前提，以便交流实现紧急现象，有一种解释的机关在心理系统和社会艺术之间，通过艺术作品而不是语言实现这一功绩，语言文字对交流的重要性应该被记录，为的是抓住艺术的特殊交流功能。

热爱地方和自己的出生地是喜爱自然的德国人的悠久传统，生态理论的奠基人洪堡和海克尔是 19 世纪的进化论支持者，带有帝国思想和种族主义思想，在 19 世纪 60 年代左右建立了这个学科。歌德是实践者，他的诗歌、戏剧和小说传播了大量对自然的崇拜，通过他写作方面的影响力，罗尔夫·斯坦因(Ruolf Steiner)的行动，人类社会学家的创始人斯坦因建立了全方位的学科包括教育学到医学，建立了世界闻名的森林学校，建立了健康食品种植和加工链条作业体。

德国在一些环境治理和保护的态度与价值方面具有指针作用，1998 年到 2005 年，德国的绿党成为执政党联盟之一。大众的环保意识深度和广度是与传统文化浸润分不开的，浪漫主义作家创作了从格林美豪森的《呆尔历险记》到歌德的《维特》，以及霍尔德林的诗歌，现实主义诗人涌现了 19 世纪的斯提夫特、凯勒、冯塔那以及 20 世纪的黑塞、赫曼·吕恩斯(Hermann Loens)、马克思·弗里施、吴瑞·约翰逊(Uwe Johnson)、布莱希特、约翰娜·波波夫斯基(Johannes Bobrowski)、君特格拉斯、萨拉·基施(Sarah Kirsch)。

德意志民族在赫尔德尔那里得到呼应，赞扬自然是德国人性格的来源，是神圣的存在，民族自然历史作为德国社会政治的基础，将自己当作自然的民族，在德国人的自我认知(Selbstverständnis)和民族认同(Nationalidentität)中扮演着中心角色，德国后继的工业化城市化对风景的感知和转变存在矛盾性，在浪漫派那儿就有反映。自然是意识形态和社会对立的场所和见证地，20 世纪德国文化对这方面的展现有广阔的天地。这种理解有利于未来的讨论，不仅仅是单一追寻德国民族的特性①。矛盾的是，生态批评在德语中没有直接的对应词，难免在德国文学和文化领域是边缘化的。

如果说生态学主要研究的是“外部”自然的话，即自然规律——人与自然的关系、自然与人类文明之间的关系，那么文学生态学要讨论的是人类“内部”的自然，包括文化意义上人的生存条件，这当中自然包括人与人之外的自然关系，同时也包括身体、心理、道德以及美学现象的讨论②。这两种话语之间有亲和性，但二者不能互相代替，而是以不同形式寻找问题，以不同形式处理现实，以文化的名义区分之。生态学贡献是认识到并致力解决在自然、社会方面存在的生态行为问题以及改进措施，人在集体意识和价值体系方面需要改变的客观课题，文学生态要讨论的是间接的符号性和想象性的体验，对灾难的把握，从文化意义上高度现代化的危机体验进行人类学的矛盾描写。

文学的文化作用悖论不在于它的实用上，表面上看文学是“审美的”、无功利的，在文学与生态学之间寻找共同点存在一定空间，文学审美具有反思的历史渊源，这种反思功能为跨学科的研究生态学提供新的着力点，美学虽然不再是超自然的悠然之地(metaphysischer Autonomie)，不是生命与作品、想象与现实的对立物，也就是美学(文学)早就是可用物了③。文学美学也并非完全委身于日常生活的强制，没有丝毫的超然特性了，同其他文化话语相比(文化研讨)，它的特性或者说优

① Hauser, Susanne: *Der Blick in die Landschaft. Entleerung eines Konzepts*, in: [*Auslassungen*]. *Leerstellen als Movens der Kulturwissenschaft*, hrsg. von Natascha Adamowsky und Peter Matussek, Würzburg, 2004, S. 118.

② Hubert Zapf: *Literatur als kulturelle Oekologie, zur kulturellen Funktion imagniativer Texte an Beispielen des amerikanischen Romans*, Max Niemeyer Verlag, Tuebingen, 2002.

③ Anz, Thomas: *Literatur und Lust: Glück und Unglück beim Lesen*, München: dtv, 2002, S. 134.

势在于:它能将生活过程浓缩,设计和升华并符号化,从而理解整体文化。

文化研究,以及后来的后结构主义、新历史主义、性别研究、后殖民主义文学批评,产生了非常好的一些意见和想法,但对文学的精细区分,对体验的虚构性,语言世界的美学化过程中所表现出的文化上独有的自身活力,它的反思、代表性以及交流介质尚没有充分得到重视,文学再也不是纯粹的自在之物。从与现实和历史隔离的历史文化学视角,文本被看作与其他话语和文化制造物相接的织体,在当下的语境下,文学自有揭示文本与文化跨文本之间张力性的特质即文学创造性重新引发思考。文学将虚构具有符号的世界另一样可能性和主流文化之间的互动关系进行研究找到其答案,在去实用性的想象性文本与社会历史命令性行动世界之间的互动关系,去实用性与社会现实的律令之间既不能互相通约,也不能并置。

文学之于文化的关系用"生态关系"来概括,是一种新型的也是恰当的关系,因为文学将那些文化切割掉的东西,例如政治、经济、法律、道德、意识形态和科技等因素使用和工具化的东西,重新生动地联结在一起,将那些边缘化的、被忽视的东西激活,使之重新焕发文化活力和自身革新功能。文化体验上,文学具有"多样性""多维性""程序性""直接性""复杂性""整体观"①,这些还不够。文学在对自然和文化现象上还具有生态思维和描写性,文学在文化生态上完成的大业是世界和自身形象主观化,从而观察到另外一个不同,从单维的现实构造提升到多维意义构造,从单纯的某种文化思维提升到文化多样性,简单地说就是激发文化创造性和合力②。文学作为文化体验的代表性符号,其主要特征是多样性、多维性、直接性及复杂性,整体观等概念都是文学概括,由此文学被赋予的特征就在于它具有生态思维和描述功能,无论是自然现象还是文化现象,文学在文化家族中扮演的角色将世界图像和自我图像勾勒出来,在此基础上形成与自我不同的他者。单维结构体转化为多维的意义体,将那些被压抑在主体文化下的边缘体重现出来,并以符号形式让人们得以感受到这种被屏蔽的体验,也就是说激发文化创造性的更新能力。"生

---

① Nünning, Ansgar/Vera: *Einfühung in die Kulturwissenschaften*, Stuttgart, J. B. Metzler, 2008, S. 30.

② Bekes, Peter: *Formen der Erzählung vom Beginn der Moderne bis zur Gegenwart. Bd 2.* Stuttgart: Reclam, 1999. S. 309.

态文学"第一法则是每一件事情与其他的事情是相关的[①]。汉斯·彼得·丢勒认为生态结构复杂性就是蘑菇形结构，一切与另外的一切相连，整体大于各个部分的总和[②]。文学文本描述的现象，不同于那些自然科学，自然科学将现象分割并且在方法上将各种现象孤立起来，也不同于政治—道义行动世界所追求的清晰性，而是试图将不同的元素和结构重新融合重新恢复元素之间的联系。文学文本在这方面类似于超念性的生态部落，在文本世界人类的生活和意识层面零散的经验和边界被打消，不同的生活经验被重新组合。不同于制度性强制性的融合，文学自在地将文化分割体综合性散发其功能，作为文化生态的文学其功能不仅在于认识，同时在于它的体验，认识到在权利话语方面人类的盲目性和片面性，文学读者启发性和再创性的体验，文化压抑下的东西通过语言激活，重新恢复复杂性，通过文学阅读想象参与到文化创造性中去。

文学在文化生态上具有平衡和激发生命力的功能，最早要追溯到现代早期，在某种意义上可以追索到古希腊罗马时代。文化的两种驱动力，一个是历史的，一个是人类的，文学将各种文化世界与人类以及自然的需要之间的关系以新的符号的形式彰显出来，自此文学发现了西方长期以来历史发展过程中理性至上的片面性，文学不仅关心人们意识和行为的非理性一面，同时关心理性的绝对性。文明对自然的强制，批评科学的机会主义和技术的操作性，文学创造世界中那些无法自身亲历的体验，对自己，对生命以及命运的看法。将个体无法实现的梦以图像的形式实现，在非我世界的现实界限展示出来，同时具有现代的抽象性。文学对现代早期将历史理解为线性进步提出质疑，找出了历史非线性进步的元素，指出历史的反复性。西方文明在对其他文明的文化和道义上的自我优越感进行了抨击，认为抑制文化的元素是一种丰富的，异质文明中的自然意识，对生命的表达可以激活自我文化艺术创新上的活力。

亚里士多德的悲剧理论，阐述了文学人类学意义上接受学的模仿理论，既包括文学对文化冲突和危机的认知，也包括净化功能；尼采的现代悲剧理论更加明确酒神的唤起生命力的意义；苏格拉底对艺术赋予了文明中心地位，既是生成也是消

---

① Barry Commoner: *Zit. In William Rueckert*, Literature and Ecology, S. 6

② Hans Peter Duerr: *Die Zukunft ist ein unbetretener Pfad: Bedeutung und GEstaltung eines oeklogischen Lebensstils*, Freiburg: Herder, 1995, S. 102.

失，既是秩序也是混沌，恰恰这就是生命的过程。

此外，在文学历史进化过程中形成了一些文学样式，同样具有生态的提问方式。在虚构的对比世界里，人造的文明世界同人类异化的世界重新得以统一起来，荒诞派也具有超个体性、身体性以及超生命概念而被誉为具有生态思想。尤其是诗学上的“自然书写”(nature Writing)推动了生态文学的发展①。文化生态学的功能存在于文学潜在的想象功能上，但 18 世纪以来社会现代化过程中生态文化对社会进步过程做用很大。从英国工业化开始，城市化、技术化、商业化，人们的生活与自然脱离的趋势到 19 世纪蔓延到其他城市，重点是在美国，使得人们自身经验和自我定义逐渐从先前的大历史中被逐出，而被迫引入文学和艺术的象征性符号系列中。人的自身感受只有具体的生存环境和生态意义上的自然、风景、脱离文明的郊野，具体的人们之间发生的和基本需求，如身体、感觉、感情以及想象等，相互间具有功能性的补偿关系。人们在文明的压迫中寻找补充性的自然。

大工业化使人类没有了历史感，无法接近自然只能通过想象性的“理想田园”(Idylle)重构“简单、自然和全局性”。田园诗作为文学种类，是人类与环境、自然与文化乌托邦式的和谐共处的描绘，与真实历史的现实面相反。在整个文化话语中文化的生态学功能绝不仅仅体现在它的中和简单化作用上，相反要揭示冲突的力量以及反思复杂性如何得以展示。复杂性是文化实践中的基本特征。无论在自然、心理、认知还是语言层次上。人脑在长期进化过程中形成了复杂的感知回馈组织，在人与环境之间构成互动机制。减少这些复杂性有利于政治、意识形态和商业目的，因为这三者容易引导我们被打中大众媒体和偏见包围，必须将那些被压抑的复杂性和问题意识重新唤醒。

文学与现代化关系并非简单的对立关系，而是更为复杂的暧昧关系。文学一直参与到现代化过程，并推动现代化进程②。艾贡・弗雷迪尔将现代化过程浓缩为四点：“理性化”“细分化”“个体化”“家庭化”。文学在四个方面都以反思的角色参与其中，对现代化各种概念的分析定义，对现代化机构的分类与建立，以及美学

---

① Kleinmann, Bernd/Schmücker, Reinold (Hg.): *Wozu Kunst? Die Frage nach ihrer Funktion*, Darmstadt, 2001, S. 267.

② Hubert Zapf: *Literatur als kulturelle Oekologie, zur kulturellen Funktion imagniativer Texte an Beispielen des amerikanischen Romans*, Max Niemeyer Verlag, Tuebingen, 2002, S. 89.

上都做了巩固,文学都将此作为素材。另外一方面,文学也影响这一进程,文学通过自己的奇幻想象力和描述方式的创新不断创造现代话语和跨领域的感知方式。文学作为文化的生态环节,虽然与文化逆向而行,但对整个社会的现代化起着共生和补充作用,文学不断构造文明进程,开展反思同时进行想象性的反思。

文学史上生态意识流首先发端于浪漫派,在英国它是对工业化带来的社会巨变的反映。浪漫派第一次反思被历史甩到边缘的对生存状态思考的忽视,它的思想前卫性和对艺术美学的贡献同现代的美学思考模式几乎如出一辙。用"有机性"思考取代"机械性"思维,在艺术上灌输要求,按照珂勒惠支的说法是整体存在于个体中。单个发挥其多样性同时归于富有生命力的合体中。目的是取消"精神—自然"二元对立,培养人与环境之间文化交互性。人不是静态而是动态理解现实,进化过程中的历史变化于发展最高阶段回归原点,艺术在多元平衡尚未建立还缺乏全方位思考时候提供文化上的动力。

浪漫派的这些基本观点对现代生态学关键概念提供了基础,传统的精神与物质的对立,文化与自然的分割在回到原始的生活环境下出现了统一,具有生态思维的现实概念不但不是笨拙的相反是持续的重塑,文学艺术在关注人类的生存状况时不断对抗思维和生存的僵化,同时也在自身革新上不断调整自己的表达形式促成了新的文化思潮和文学样式。美国梦从一开始就具有帝国性、技术膨胀性和扩张性,同时是生态的贴近自然地。对文明的狂热,同时伴有深刻的逃避在美国文学尤其是 19 世纪现代化过程的文学中体现明显。

根据科勒尔(Kroeber)的观点,有机界与其环境的交互关系,首先是有机界自己内部的关系外加它们与环境的关系①。

因为个体适者生存的前提,生物生态学借鉴了自然历史,生态思维就是强调个体前提下的全局观念的认识事物的视角,将个体汇入到整体关系之中并未抹杀个体性,相反个体只有在整体生态中表现极强的个性才能在整体中幸存②。

20 世纪生态学从动植物界学说衍射到其他学科,地理学、人文生态学、人类

---

① Heinz-ulrich Nennen: *Oekologie im Diskurz. Zu Grundfragen der Anthropologie und Oekologie und zur Ethik der Wissenschaften*, Opladen: Westdeutscher Verlag, 1991, S. 73.

② Berhard Glaeser, Hg.: *Human-Oekologie. Grundlagen praeventiver Umweltpolitik*. Opladen. Westdeutscher Verlag, 1989, S. 21.

学、心理学、哲学，直至语言、文化学，自然科学的生态学涉及到数据经验以及定律，生态思维涉及到人文科学时，其活力主要体现在目标性，认识的兴趣。

人文科学要将人与其所处的环境勾勒成一副图景，这一愿景首先取决于人类自己的认识：人如何认识自己，人如何认识自己与他者——自然的关系。

文化学将所有自然的东西都赋予文化性，而自然科学认为所有文化现象都听任自然的安排。这中间生态文学文化视觉强调关系，文化和自然的交互性，将自然隔离开的文化定义为一种人类中心主义(anthropozentrisch)，忽视了人与自然的交互关系，人类文化离不开外部物质基础，即生物圈，这是一种直观的生态环境基础。①

科学与人文之间试图接近的过程中在生态学讨论中也遇到了阻碍，生物学上的生态概念不同于文化理解中的生态学，生态学某种意义上是指对生物与环境之间互动关系的检验性描述，这是否意味着人类异化了又要重新建立的人与人之外自然的关系普查。生态学是一种进化和生存学说，是建立在达尔文自然选择和适者生存的平衡基础上的学说，跨界到文化学上，生态学又与人们对自然的政治学、道德伦理学、心理学的精神情感态度紧密相关。它重新定义了人类在世界(环境)中的地位，也重新定义了人类自己。生态学在某种意义上近似于一种客观地观察自然界的生命情景，几乎把人的意识遗忘在一边。同时生态学也涉及到迄今为止人类意识与现象之间的思考方式和定义方法，这是一种全新视角。两种情况不是随意能通约的。自然科学的探测方式与目标也离不开文化和时代、认识论烙印和前提。自然科学的生态学话题如环境变化、温室效应和全球气候变化以及对生态系统的认识等成为文化科学论文的题目，也正是在这种情况下发挥潜在的社会关系。自然环境过程的描述对社会文化越多，文化现象人类意识现象越是不容易简化为客观的自然事件。

生态思维的推进，是思考自身的生命基础，精神现象并非完全不依赖自然过程，二者建立联系需要一个方法和过程，既要建立二者的类同关系同时要严格分析二者之间的不可通约的差异。文化和文学领域直接可以借鉴的类同关系和概念包

---

① Goodbody, Axel: *Natursprache. Ein dichtungstheoretisches Konzept der Romantik und seine Wiederaufnahme in der modernen Naturlyrik* (*Novalis, Eichendorff, Lehmann und Eich*), Neumünster, 1984, S. 127.

括进化，能量动态平衡包括自然概念本身，用在历史文本以及文化产品上引申为抽象的、间接的意义。空洞的辞藻，并不意味着这些平行在学术上被贬低。相反考虑到了它们内在的不同和异质性，最新的生态学表现在其自然和文化学生态的对话上。人类与这些概念的关系，人类与语言和文化的关系实际上也是一种人与第二环境（第二媒介）的关系，在第二环境里人们解释第一初始的世界和生活关系的建构，在很多意义上改造并对第一现实发挥影响。对文化语言和符号的关系是人类对“环境”的关系的重要环节，人类的环境不像生物界的环境，人类的环境是经过人类自身改造创造的，这个第二世界在某种意义上使人类建构第一世界并决定了人类如何进入第一原初的世界，并使我们进入第一世界成为可能。人类与语言和交流的关系也决定了人生存的多样性和生命决定力量，在文化生态学观照下成为设计生命的视角和功能的重点。着眼带有生态意义的文学和文化文章可以发现，达尔文的自然选择理论，适者生存的进化观点得到摒弃，学者要强调的是合作、共生，不同发展阶段事物与文化的共生相息，就是所谓的生态平衡①。19 世纪盛行的进化相关的进步理论变成了一种态度：尊重差异，将自然地世界看作整体。

许多作家将生态学视作交互作用的观点，看作一种平衡、压抑和反馈的游戏，在进步的观念下世界的所有现象在这个世界上不足为奇。实际上，生态还强调共同性，意味着不能以牺牲别人实现增长，共生（Ko-Evolution）取代单纯的自我实现，接触而不是隔离，重要的是生态视角的价值观（Wertschätzung）。生态文化下热衷于看到面对强者的弱者，或曰弱势者所表现出来的态度，生态学作为一种科学样式关注的是自我组织的原则，相互结成一体（Vernetzung），生态学观察各种力量的交换，但拒绝价值中立，强烈需要看到一种紧张对抗的压力，为那些提供成长者充当陪衬的对象提供话语，寻找弱小事物所表现的多样性而免遭强者的单一性吞噬。

这是语言科学所要求的，不求单一的语言话语，而要求保持和促进语言多样性，语言内部的求异性，集体性取代压抑性的语言政治。这种多端性对其他文化学的领域同样适用②。

---

① Zapf, Hubert: *Zwischen Dekonstruktione und Regeneration. Literatur als Kulturelle Ökologie*. Tübingen, 2003, S. 47.

② Alwin Fill: *Oekologisch Denken, Koekolinguistik. Einee Einfuehrung*. Tuebingen: Narr, 1993, S. 1.

文学的文化生态学视野对文学的作用定位很重要，对创作性过程以特殊方式发生作用，文学研究是具有指引未来的研究，正如彼得·芬克(Peter Finke)所说，和一般的艺术一样文学是文化设计的试验地，所有创作性过程的储备和创新地，为文化领域的活力和革新创造动力。文学创造的活力带有自然性，文学史创新过程转化在语言、文本和想象的层面，文化和创新上的“能量”非常重要，不像逻辑的空间里，生态空间通过系统论意义上关系复杂地镶嵌在一起，有反馈的过程，影响过程的目标和其他因素一起又重归原地。这个能量起初来自物理，在文化过程中发生演变，社会的心理的创造能量转变。如何将这种文化能量形式描述清楚，现在还没达到。文学作为媒介，文化的源泉通过它能够找到强烈的行动和表达领域。

有一种原始的创造力，使自然和生命得以存在，通过比喻、语音以及多义化诗歌的形象和符号化变成了诗，诗歌是通过以下途径得以塑形的：它以新的图片将形象化的过程将初始的能量转变为二手的心理和文化的能量，同时维持文化元气的交互关系。这种转变在双重的张力场里进行，一种是在文明体制里，一种是在生物为中心的生命能量，一直试图象征性地激活。在“自己的诗歌”结尾，说话者的个性在自然的循环中瓦解，升华到更诗学的意境中，将诗学的自我变成前文明的自然，作为前工业文明的自然，超过符号化和话语文化，像一样诗自我发声，通过自己的媒介超越将一种诗学传统极端化，他寻找一种语言之前的语言，话语式之前的话语，动物原声成为诗的灵感。

文化生态学能够激发的能量是通过抽象的类比，往往将危机、张力、吸引力和灵感以文化图画性和自然图画性的结合，从而达到自我整体苏醒的高潮，现代艺术和首要的野性的自然，自然和文化的张力不是美学张力的开始，而是在自然观察审美中沉浸在文化艺术创造力的试探中，与社会活动包括政治、教会、学校、国家等尘世活动疏离而沉寂到艺术生命中。例如在沙滩上遇到美丽的形象，像小鸟一样，具有浪涛般的节奏感，是美的人物化身于生命的不同形式和进化阶段，作用于叙述者的诗兴想象力，在人与原初的自然之间形成画面，叙述者自己也转入进去①。

文本的这种文化象征不仅仅局限于叙述文学，其他的文类也有表现，在自然和文化边界上诗性创造力和生态伦理新观念的文明经验，在文化自然互动的根源都

---

① Anz, Thomas: *Literatur und Lust: Glück und Unglück beim Lesen*, München: dtv, 2002, S. 134.

涉及诗学源泉，文本成为讨论的地方，正在日益异化的、威胁生物性的存在。生命感情能量之间发生矛盾的地方对人类的种类伦理反思总是归并在一起，这很切合美国的文学自然说，在人类与非人类自然之间激发能量的是文学，在这个广大的网里，对现代社会的张力重新确定。

文化生态学与文学的建立综合学科有很多尝试，其中比较好的理论认为，文学是文化生态学的优先媒体。文学能够反思复杂的自我反省能力，在文化的相互关系中文学不仅具有内容关联性，而且对美学过程发挥能力。文学在这个方面是具有文化上的文本性，文明进程中文学共同进化，这种互文性是在文明的现代化张力中形成，文化—自然原则中具有根本的发生意义。文化生态学一些复杂原则如交错作用、程序化作业、关联性、统一性中的“多样”性，结成一个独立体和文化自然互动体，这些基本特征标志了文学的话语，同其他形式的文化话语形成对照。从这里出发，可以将文学所有的想象性文化的作用和生物界的生态力量，等同在一个大的语言体系和文化话语下。

文学话语的这种文化生态作用在整个文化，见于三角作用模式中进行描述，在不同方向都可以使用，这个模式定义文学的文化生态作用具有三个方面，也是文学所表现的文化自然关系的抽象出发点：文学的极端作用是文化批评超话语性。在这方面文学作为传感器对文化发展中的缺陷、僵化和盲目性起着维持生态平衡的作用，文化通常进入了图像时代，隔离、失去活力、过度消费是其特征，这种危机的话语作用首先是在文化决定的权力结构上，思想意识态上登记的解释模式，如自我的对应异体的，精神对应于身体，文化对应于自然①。许多广泛具有复杂性、生物性、开放性的相关人类生活，有利于文明控制单一化和保守化压抑着前面几点，这对个性是一种威胁，对人是退化。

以想象性的反话语起着话语补充作用，随着文学参与文化的被边缘化进入中心发挥着反对党的价值。文本作为展示空间，变成文化多样性和变化力的试验场，文明现实原则被排斥的文化发挥了特殊的符号化的张力，对文本的美学多产性起着美学产生力作用。

---

① Goodbody, Axel: *Natursprache. Ein dichtungstheoretisches Konzept der Romantik und seine Wiederaufnahme in der modernen Naturlyrik* (*Novalis, Eichendorff, Lehmann und Eich*), Neumünster, 1984, S. 128.

文学所取得想象性的反话语作用还体现在通过变形时文化的干扰和僵化作用下降。自然的荒野性，非人类中心主义的揭示，固定的概念和划界通过生态运动开放和人与动物共生。

符号的现实以书面的变体直观的呈现出来，文字将感知的特殊方式与交流事件联系在一起。非声音的媒介而是书面语用感知媒介来加工交流，更深的结果是，借助传播媒介文字心理系统在心理系统中不再有必要了，通过这个方式许多人在交流上成功了，形成了另外的传播媒质——印刷或者电子媒介，重要的是文字，它出现在记忆储备不足的时候，文字变成了这样的“社会记忆”出现了，持续影响社会关联，对过去赋予更大意义，不再取决于个体的记忆，随之而来的是不需要面对面当即的反应，借助文字随时可以唤回。

直接的心理系统的解除交流的空间变大了，这种交流也存在巨大的风险，口头交流的时候面对面，交流具有对接性，而现在书面交流是交流过程的统一，汇集了信息、通知和理解，不能得到保证。书面语解除了交流，失去自我补偿，以书面形式的交流必须变得可以理解，书写代表的自我化替代原来的不在场，书面语这样一来要求很高的可理解性，因为书面的文字使本来的一致性戏剧化，这需要接收方很高的解读能力，没有把握的理解从没有被完全排除，促进了更高的观察秩序，因为在书面的交流中存在超交流，倒置必须取消，交流的意义还在于参与交流之中。

这样一来很难将书面交流理解为交流，人们可以借助文字开始一种交流，而又推迟到理解中实现，按照鲁曼交流具有事件性质，有一个时间跨度，这就形成了一个打断的事件谬论①。格奥尔格·斯坦尼茨克(Georg Stanitzek)在他的“什么是交流”指出了一种相应的脱离自相矛盾的方法。他说，在书面交流中交流的事件实现一种逻辑简单排列，形成了摆脱口头情绪化的缺陷。文字自己连接着自己，加入了心理的系统，包括已经消逝的系统，跟口头交流相比退居到背景里。文字交流成为理想的正常，交流的三重性结合在一起：信息、通知和理解。不过由于文字作为物质性的媒介，这三重性的交流过程中有所损耗，在书面交流中主要的是提供的信息而不是他的语言形式，也和口头交流一样容易消逝。

---

① Koschorke, Albrecht: *Die Grenzen des Systems und die Rhetorik der Systemtheorie*. Kulturtheoretische Analysen zum Werk von Nikals Luhmann, Berlin, 1999, S. 65.

艺术不是这样，它不依存于物质媒介，艺术魅力激发感知，艺术唤起突兀惹眼的交流，只有通知和信息有严格区分才会发生，感知贴在艺术品上，艺术虽然以普通的交流出现单一不同的方式吸引感知，艺术到底是如何通过特殊的物化意识参与感知，将交流转移到感知层面，产生一种生态的，无法抹平的差异呢?

艺术的交流不单相信普通交流的冒险形式，双方编码，在口头交谈上，考虑到是接受还是拒绝交流的倡议很快地决定。艺术交流和普通的交流一样虽然双方编码，但在感知方面很强，所有的人确定能看到相同的：

艺术品使观察者有感知能力，这些功效能够让他们避免出现非黑即白的感觉，人们看到他们所看的，听到他们所听到的，如果其他的人将一个人看作感知的，来感知不能顺利进行，通过这个方式达到了不可否定的社会性(Sozialitaet)①。

感知在这里不像语言具有局限性，它的目标不是接受或者拒绝，感知服务于艺术感知，向安全感的提供者实现感知，这个和思想不一样，不依靠主体间的协调，它的突出特点是，艺术的感知能使意外和重新认识同时实现。

观察第一秩序层次普通交流是信息传达的跳板，而意识交流中交流反向投射给自己，在观察领域第二秩序上，艺术寄希望于观望(Anshauung)，是自我倡导的感知激活(simulation)或者想象。观察不同于普通的观察，主要体现在使用不同的媒体——空间和时间：它超出了那些在感知中已经存在的东西，以自己的形式扩展了想象的世界，让被观察的东西在惊喜和重新认识之间震动。

艺术系统带来的是一种摆脱实用性质的感知，通过语言的感知指向现实，借助上下文的一种误差用途，艺术感知是双重误差用途的，丢掉上下文，不再指涉自己，基于自我指涉的艺术作品和不同的交流没有外在的用途，它是一种双重物体，或者说近似物体，从第一等级观察层面来看参与现实世界，即它是由纸墨组成。同时它从第二等级的观察层面来看又是一个想象世界，有自己的区别，策划了自己的内在形式，为了认识到此，转换到第二层次是必需的②。可预料到一种感知方式：日常的直接的感知(非符号的)，到中间层次的语言符号的感知，再到自我指涉的美学层次的艺术感知。艺术的感知应用和语言的感知应用区别由此而产生。

---

① Anz, Thomas: *Literatur und Lust: Glück und Unglück beim Lesen*, München: dtv, 2002, S. 135.

② Heiland, Stefan: *Naturverständnis. Dimensionen des menschlichen Naturbezugs*, Darmstadt, 1992, S. 107

艺术认可感知意识，在艺术品观察中的冒险，让交流的出发点找到形式。艺术品无疑问唤起观察者的意义，但艺术的感知基于交流，否则就不能作为技术品感知，否则马上变成了垃圾。艺术观察中始终存在信息和传达之间(Infor und Mitteilung)的差异理解。这也是交流的实现过程，同时在艺术审视中信息和传达是一个统一体，艺术品欣赏有自己内部的引证结构，不同于普通交流模式的选择链结构，在艺术中观察不是从一种交流到另外一种交流来回摆动，而是交流整体的沉入事物中。所以打包的交流可以理解为：试图每一个单句作为单体审视交流连接在艺术整体性中被阻碍了，艺术是整体性的不能单个观察，不能作为信息的交流来理解。阐释学告诉我们，艺术需要一起作为，特殊形式的观察例如主题观察离开艺术的形式不能进行。

感知和交流相互关系不同于普通的交流，艺术交流在很多时候是瞬间的存在，只能在艺术中交流，艺术将交流和感知存于一体，感知能够供交流使用，虽然没有现实的连续性，能够从环境关系转移到系统，艺术能够将艺术品、感知和交流同时服务，将他们统一建立联系，但保持各自运行层面的独立性。作为语言的功能对等。

鲁曼的感知与观察的论述并不清楚，一方面艺术要求意识的感知，作为整体任何用途的差异；另一方面第二梯队的观察者，艺术交流中观察者忙于直接面对观察的一致性，出现的统一不是没有问题的，感知的是心理系统，不直接同自我产生建立联系，在感知外在化世界里，没有符号关系，一个没有符号的艺术品，一个近似的物品，一个特殊的物体，能否得到感知，感知不停地调整这个问题：我看到什么了，我看的是正确的吗①？转换成观察的感知形式，超越了感知中直接的存在物，变成了思想。感知是艺术的基础，应该看作第一等级的观察形式，只能通过思考转移到第二等级的观察形式，聚焦于某种被感知的事物而放弃另外一些，通过这样的形式被转化成被感知的，观察艺术是形式堆积，意识可以感觉到形式差异，在艺术的社会系统里产生交流目的。艺术的观察总是被引导，因为艺术品是作为艺术制造的，带有信息内容的，第二层次的观察经历了公开的某种运行矛盾，艺术公开的东西会回溯自己。

---

① Grosse, Ernst Ulrich: *Sympathie der Natur. Geschichte eines Topos*, München, 1968. S. 45.

第三节　自然环境的疏远

社会对环境的关注可以用来解释文化对主体表达的增强，但是，他们不是整个走一条路来解释文化和环境之间的联系。在世界遭受生态灾难之前，自然吸引着艺术家。早在有人类记载之前文化就表达了人类对自然的依赖关系，石器时代洞穴壁画里就有风景，表现对自然的着迷，一再出现的掠夺主题画，反映了与自然进行互动的心理需求。捕获到野兽暗示着一种保持距离的过程，是狩猎者与被狩猎对象之间关系的极端化过程，是人类与自然的极端关系映射，对自然的好奇是人类文化持久的中心。随着现代文明和城市化的进程人类这种对自然的依赖疏远了。相反，人类进入文明时代以后同自然形成某种张力，作为一种补偿心理，人类必须借助砍下一片森林来维护人类自己的价值。20 世纪的工业化越是增长异化，感觉越是明显，异化陌生感是一种心理和主观的体验，在艺术中的体验最为深刻。根据"创世纪"，亚当被上帝授权为植物和动物的统治者。

自然和人类的裂痕体现在异化，这种文化现象导致一种心理，或者给予一种心理解释，只要自然世界对人的统治地位产生威胁，例如灾难和野兽，《圣经》或者其他的一些文本就会采取解释，《圣经》"创世纪"解释为事件（创世纪，III，18）。这种关键性的文本所带来的影响不应被低估，亚当处于生物中心，其思想从法律到农业对一系列领域产生影响。早期工业时期，一直要保持人与动物的距离，防止动物的欲望得到体现，这也是现代人的特殊面貌，现代人最为突出的特征是宗教和技术，现代技术从身体上到思想上疏远了人类与自然的关系①。

启蒙者用宗教来缓和人与自然的关系。笛卡儿使人与动物关系的论述达到极致，动物没有感情和心灵，人有心灵和宗教，人的精神生活使得我们脱离原始状态，动物只能条件反射，这种学说强化了宗教的力量，建立了生物与人之间的等级。笛卡儿限制了各种不良活动，以利于地球，主观和客观也成为西方哲学的基本态度。

---

① Goodbody, Axel: *Natursprache. Ein dichtungstheoretisches Konzept der Romantik und seine Wiederaufnahme in der modernen Naturlyrik (Novalis, Eichendorff, Lehmann und Eich)*, Neumünster, 1984, S. 127.

对于环境中的自我确立，后期海德格尔也进行了研究，格拉斯认为启蒙的缺陷是理性和技术进步的勾结，这导致了对自然的掠夺，甚至是其他的可怕后果，例如大屠杀。

人从自然疏离后为什么在审美上得到如此大的反映？根据人类对自然的劣迹，我们可以得出结论，人天生憎恨自然，但人的想象为什么偏偏又将自然视为永垂不朽？瑞士小说家黑塞，认为自然得到颂扬是因为它的无知的伤感性，我们没有原始的、直接的自然体验，自然成为了神秘和想象的源泉。自然的物质作为团体性质的东西更易比那些个体性的东西得到承认，我们不知道报春花是单个个体，我们想象一朵报春花和我们见到一群孩子感觉没有两样。这种观察自然的角度长期占据着我们人类的头脑，导致我们易于患怀旧病，而指出文学中风景的重要性：“风景成为最广泛认可的记忆体，承载着认识和理解文化的过去和未来”[①]。自然表现的这一功能面对日益加速的城市变迁和扩张而失去自然，反而呼唤回归自然环境。

现代化的发展没有考虑人的进化速度。城市化没有先例的，寻找某种能保持永久性的东西以及想象的栖息地能够让人放心。另外，人不可能在没有丢失什么的情况下体验失落感，这一点不同于某人期望得到自己并不了解的东西，合适的比喻是，诗学上对我们失去的伊甸园的期望来源于我们对现代化的不满意，来源于我们对自然失去敬意。我们对自然的向往并不是什么新鲜的，植根于我们人类大脑，简称其为“生物哲学圈”(biophilia)，哈佛大学一位神经学家认为人的大脑对自然的感受里超出了我们现代化生活模式所允许范围。如果无助于现代人进化，它是在一种生态系统里，并非现代城市环境能提供的。现代人历经 15 万年进化，大部分是在非洲平原上，在我们身上留下狩猎痕迹，我们身上有很多自然的痕迹让我们能感觉到很古老以前的事，例如森林树木是许多人的避难所，先知们预测我们的过去，宽大的水面能够阻拦自然的威胁，我们很乐意见到湖边和海边。塔西佗的《日耳曼亚》里出现树木是德语文化的中心，体现了他们的农村痕迹，生物哲学也在心理分析上得到支撑，荣格将自然神秘的宇宙性作为潜意识的重要自然特征，生物哲学可以用来说明我们的城市环境中经常有池塘和公园，城市的绿色体现了我们潜

---

① Böhme, Gernot: *Natur*. In: *Wulf Christoph* (*Hg.*): *Vom Menschen*. Weinheim und Basel: Beltz, 1997, S. 12.

意识里要接近自然。

自然在人类的话语中成为“他者”①，预示着人类自己的一次巨大异化，这种隔阂深深植根于我们的精神领域。20 世纪 60 年代的生态运动初衷之一就是实现和自然的重新协调，重新建立关系的前提是分离的存在，这种做法具有启蒙的特点。盖诺特·伯梅(Gernot Boehme)不想走启蒙的老路，他强调应该改变我们的观念，取消自然这种概念，因为提到自然和人的隔阂，实际上就是一种生物中心主义的做法，克劳斯·迈耶·阿比西(Klaus Meyer-Abich)提议将环境(Umwelt)改称共境(Mitwelt)。文学可以在其中扮演概念性的转化作用，巴特在《地球之歌》中说文学既可影响头脑，而头脑是身体的公园，将文学比喻为身体的绿色公园，这本身也说明自然的异化。文学作为书写文字需要字纸写字，这本身就是需要从自然中砍树。写字可以追溯到狩猎时代的田园生活，最早留下来的文字是谷物交易，写的文字是一种关键机制，可以让人想象自己同自然脱离，讲故事让我们成为历史的上下文一分子，故事自身拥有一个时间概念，能够超出我们当下的时间，故事能让我们跳出局限看透很多单个事物，调整自然本身的力量，加深我们与自然的隔阂。作为与动物本能的区别，因为我们人类有自己的过去，这是我们证实自我存在的方式。书是人类现象，文化是人可以控制动物世界的工具，文学不能重新融合人和自然的分裂，因为自然没有进入文学的世界，没有找到自己的表达方式。假如人是自然的一部分，共境(Mitwelt)之于环境的意义在于，环境对其他生物不能说是被排斥的。这让人想到了庄子，他和同伴走在河边，他看到鱼儿在水里跳，觉得它们多么幸福，他的同伴问他怎么知道鱼儿高兴呢，因为你并不是鱼。庄子将这种主客观分开的逻辑重新踢给他的朋友，因为他的朋友不是庄子，所以朋友无法知道庄子此时对鱼的感受。庄子强调了自然体验过程中的非理性感悟的重要性②。

反对文化悲观主义的法兰克福学派，也可以找到支持右派学者如布鲁赫、马尔克斯以及本雅明的观点。布鲁赫的“联系技术”核心是顺从自然而不是反对自然，这是很有局限的，忽视了核武器时代的威力；阿多诺的理想是自然美，重新强调自然美的个体性胜过艺术；康德、席勒和黑格尔都降低了自然本身的美而过分强调艺

---

① Grosse, Ernst Ulrich: *Sympathie der Natur. Geschichte eines Topos*, München, 1968, S. 60.

② Agamben, Giorgio: *Das Offene. Der Mensch und das Tier*, Frankfurt/M., 2003, S. 107.

术美。

艺术能够使人重新回归自然,他不在于未曾踏足的自然风景或者文化风景,现代艺术应该揭示自然的疮疤,人类对自然的毁坏,否则将会变成糊涂之言和反思的逃避借口,文化风景提供了重要的现代艺术和理想主义的模版。

自然在艺术中的思考可以帮助人们在现代社会摆脱拜物教主义,文化风景不是人工操作而是其自身形成的观点在自然艺术中得到确认,文化风景是对过去的体验,没有实现而是作为承诺,自然作为美的化身不是行动的目标,它是自我保持的彼岸,将传播与自身融为一体。它说话的方式不是按照物质式的概念,而是符号式的语言,包括语言解码对遭受折磨的地球母亲的帮助。

对地球的保护在今天生死攸关,保护地区的态度体现在建立敏感的抚养文化,开发一种对风景的物理印象,这个任务涉及艺术、文学和文学批评。生态批评必须建立在自然作为交流的信念上,要研究出我们对环境的身体反应,融合我们的敏感意识,现代社会组织化对大众大工业化的结果和对自然的结果。发展人的感觉意识,艺术可以在此方面起作用,有必要让自然要素融入自我理解和环境问题对人的影响。

歌德的作品,不受时空限制地反标准化,反抗自然被经济化,通过悲哀地告别自然并积极地保持记忆来自我保护,藉由乌托邦式的信守原则,现代艺术即使没有回避,不应该田园诗化,不应该扮演反动趋势,在悲伤或者否定的图画里,艺术保持记忆,从科技中被排挤出去,在业余生活中重新享受自然,艺术这种不可取消的任务为的是展现出自然美学的关系。

伯梅的自然美学基本是为了得出一种环境意识服务的自然哲学和美学,我们自身也受环境气氛的包围我们事物的影响,风景的影响和气候的影响能够产生区域感觉和生态移情作用。哈特曼·伯梅将这种意念应用到“自然和主体”的生态批评上,检验早期现代阶段的自然和技术态度,从文化历史和讨论 18 世纪以来的作家和作品,伤感的对现代伤感的比喻,“启示录”的叙述分析于心理分析结合产生新的自然想象,阻止了康德的认识论的纯理性主体①。自然作为标准,是思想的虚构,诺伯特·艾利亚斯(Norbert Elias)对自然概念功能和抽象性进行反思。达尔

---

① Ders.: *Deutscher Geist und deutsche Landschaft*. Eine Topographie, München, 2000, S. 49.

文对自然的正确理解是进化的开放过程以及宇宙的膨胀。

在边缘人涉及生态关注方面不妨有很多卡珊德拉式的人物，卡珊德拉是特诺伊国王布罗亚木的女儿，被神赐予第二眼力，但没有人相信她的语言，正如我们已经看到的大洪水，霍勒利用卡珊德拉的神秘角色来叙述。女主人拥有梦境般的第二视力，其他的人都有预言能力，但他们的预言警告没有人听得进去，古希腊和现代德国的最大区别在于这里的预言不是超自然的，不是来自神的启示，而是来自地域特色的感情①。洛可可(Roccco)和克鲁歇(Knuchel)从这些神秘的家乡了解中得到存在的意义，洛可可与自然的联系变得非常偏激，克鲁歇不愿加入现代生活，因为他只愿意和自己的羊群呆在一起，渗透出他与自然的特殊关系。经济压力对两人也影响不同，洛可可的生活变得落后，但它能支撑不受市场的压力，因为他的产出能符合他的需要，不同于其他人物，自从他的愿景被经济压力所包围，资不抵债后，他不愿意寻找新的路以创造财富。而克鲁歇更加实际，由于加入了商业化，不能忽视市场，被迫放弃了自己的观点。

哈罗德·弗洛姆(Harold Fromm)总结了迫使克鲁歇寻找自己向生态转向时态度的转变。他指出，在现代化的西方，我们每天都面临从自然剥离，我们与自然的联系每天都被水泥、电视、空调、汽车以及超市隔离。我们每天的呼吸都显得与外界少有联系，我们的食品都是包装好的，看不到动植物的原材料，在这样的环境里人们容易满足于根本不理会自然，即使环境问题被注意到，也同我们蜜蜂般的生活无关，自然也仅仅作为一个背景。

今天，人类浮士德式的态度正在发生，自大、恐惧、自取灭亡式的仇视自然已然植根。

假如我们忘记了我们的自然之根，一味追求奢侈的生活方式，我们将受到惩罚，理性化的成人世界显示自毁性的忽视感情，许多人不注意身边的担忧，揭示了与自然的剥离，公然推销自然环境，对自然进行塑造，而且介绍制造出来的人与自然的距离，在很多作品里都揭示了阻碍自然环境的接触。

作家注重感情甚于理性，另外一个主题是对启蒙和资本主义的不信任。20 世纪 70 年代的德国作家，从《田园毁坏开始了》一书就开始不再将他们的国家作为田

---

① Ders.: *Deutscher Geist und deutsche Landschaft*. Eine Topographie, München, 2000, S. 49.

园梦想之地,人们追求更多那些自己根本不需要的东西,将来的生活在很大程度上取决于自然开发的有限性。有些人认为进步是不可避免的,资本家攫取自然实际上是对自然躯体的戕害,也是对人身体的戕害,对自然的洗劫。

不同的文本传达出不同的大自然声音和不同的进入大自然的方式:大自然对文本结构的影响可以找到证据,例如考威尔的叙述是围绕农场工人的那株老树,围绕着这棵老树可以加深主人公、环境和故事的联系;弗里施的叙述非常突出常规,让人很容易理解自然环境不像人类那样遵循因果关系,有两种声音阐述不同环境对人和动物心理的影响;在《大陆》中,读者置于黑色的森林中慢慢熟悉环境,叙述者也慢慢的熟悉她不熟悉的环境。由此产生了与环境的异化,展示了文本和环境的相似性,作为讲故事的人不同于传统的叙述。语言的爆发性和自然灾难的严酷性形成对照,坚持传统的形式并没有阻止创造出的生态声音,轶事风格的叙述使故事具有现实的印象,接近自然自己讲故事的方式。讲故事是人类的一大特性,人类之所以为人的一种特点,正如鸟要唱歌,人不能离开自然。

文学具有很多的启蒙现代性,而这些都遭到反驳,作家放弃叙述策略师展示文学的约束性和短处。叙述任何被叙述的世界之间产生游戏的距离。故事成为了游戏,叙述者的错误颠覆了叙述者的权威,或用技术摆脱了叙述的权威,阻碍了阐释学。从一个叙述层面不断转换到另外一个层面,不是无限视角的,作者会带读者看到一种非事实的事实,和开放的卡片游戏允许叙述者接受错误和虚构。

哈勒尔的寓言是非传统的,拒绝给出一个答案。自然生态的声音就是这样,小说可以被称为最后一部农夫小说,宣告了工业化农场的后果是自我陶醉的农业社会的结束,作品被纳入传统分类拒绝叙述结构的限制和期待。

对权威的蔑视让我们有理解我们自己命运的能力,这种怀疑便于我们打破人类从自然剥离开的神话,我们以为自己的智慧高于自然①。人类是容易犯错的,文本自身提出的解决方法具有矛盾性,它们在蔑视权威性中建立自己的权威,当然这是具有冒险性的。对权威的看法是其中主题之一,还有重新定位人类的声音,改变以人为中心的视角。抹平自然与文化的对立,而试图找到生态的声音。

---

① Bosshard, Hans Heinrich: *Natur-Prinzipien und Dichtung*, Bonn, 1979, S. 56.

第三章 “自然与人”关系文学描述个案研究

第一节 《测量世界》中技术与自然之间的“喜剧”

丹尼尔·克尔曼的小说讨论的是现实与虚构的关系，作品着重探索现实的边界，人对现实世界的可把握程度，以及由此造成的真实性问题。自然在人面前的偶然性，人的梦幻性成为克尔曼作品中反复出现的主题，“叙述，就是一张张开的弓箭，虽然这把箭是看不到摸不着的，这种张力向我们展示了现实无法提供的逻辑和发展趋势”①。《测量地球》这部作品非常明确地反映了克尔曼写作的基本态度，处在怪诞、幽默和欺骗之间。这部小说对一些严肃的问题提出了质疑：我们脚底下的地球能够借助科学测量吗？研究地球的动力在哪儿？人能否成为全知的？

阐述克尔曼如何处理人所创造的科学与地球的关系，在小说中如何通过主宰一真相一人三者之间的关系进行叙事，引发读者对人与自然的关系的思考。世界似乎是混沌的，认识、理智和科学无法提供答案，因此首先要从主题考察的角度梳理“科学”和“真理”的定义，从而得出世界是被误测的，科学是被误解的。此外还需从结构上论述小说情节布局和人物安排，从而得出结论，科学与真相之间的关系，上帝和人之间的关系，这些关系建立在小说主要人物洪堡和高斯之间的关系上。

克尔曼的小说大都采用笑话和讽刺，怪诞不完全适合于某种理论探讨，因为理论一不小心就容易沦为笑话本身嘲弄的对象。因而必须对测量地球的笑话元素进

① Schäfer, Dietmar: *Lektüre Durchblick: Daniel Kehlmann "Die Vermessung der Welt"*. München: Mentor Verlag GmbH, 2011, S. 23.

行分析，从笑话、讽刺和反讽的角度去看。叙述技巧的出发点是，讽刺的语言在采用分析过程中就将不同内容的题材捏合在一起了。克尔曼通过设计读者没有预料到的笑话结果，不断打破读者期待，这一切是通过描写小说主人公一系列不合时宜的举动所带来的效果，构成天才的喜剧。

克尔曼的《测量地球》不是通过娱乐来刻意塑造反英雄题材，而是通过严肃的文明批判来达到娱乐目的。例如，洪堡在墨西哥同当地二十几位居民斗争，反对他们拿活人来祭祀，洪堡引用的是人道主义逻辑：“世界的秩序不允许这种事情发生，如果这样的事情真的发生，宇宙将会毁灭。”这是一种文明批判，如果人们描述一种将非人道的举动作为精神英雄的范例文化，存在着一种表面化的真理和深层次的真理，这是与德意志的深层理念背道而驰的。

《测量地球》的书名意味着小说的主题就是科学家测量地球，确切地讲就是两位科学家洪堡和高斯，这也是小说的两个主要人物。德语词“测量”的基本定义是以一定的单位确定物体的值，例如面积、高度、宽度或者深度等，正如洪堡和高斯的科学实践中要测算地球所进行的工作就是典型的测量。同时德语“测量”包含着过度或者错失地估算之意，相类似的词如在德语中还是一个形容词，意味着“狂妄的、恣肆的”。两位科学家试图测量地球，他们所进行的是研究工作，同时也是一种胆大妄为，这点在他们的晚年回顾自己的科研工作时显得尤其清晰。科研测量是他们的义务，不能懈怠，但最终的结果并非他们当初所想象的那样，从某种程度上讲是失败的。两位科学家反映的恰恰是18、19世纪科学理性主义至上的妄为。

科学与真理是小说中两个重要概念，贯穿了小说的全部，小说设置了两个对立但又相关的两种探测世界的方式——自然科学和人文科学，它们矛盾而又喜剧性地集中在小说两个人物洪堡和高斯身上。

根据歌德的建议，洪堡要被培养成科技人，洪堡果不负众望成为自然科学研究大家，他配备的是当时最先进的测量工具，每天的工作就是思考、分析、制图、采集标本，描述或者测绘未知的领域、无人踏入的原始森林、河流脉系、草原山脉，未知的原始生活群落、远古的高度文明，总之化学、电离、气象等是他的专注。洪堡除了自然之外无以效劳，除了破解自然神功所蕴含的秘密别无他求。相反，数学家高斯从小表现出天才性，对空间感知着迷，晚年沉浸于寿命统计。数字和数学在高斯就是通向世界和宇宙的真理，找到这种真理是他的毕生事业。“数学和数字代表着数学模式的演绎同经验的推导原理相结合与并置”①。

小说故事发生在18世纪向19世纪的转折期,当时德国正由人文科学风潮占优势的古典、浪漫文化向专门科学——自然科学为主的文化过渡。洪堡和高斯将科学看作通向真理的手段和工具,“人不是动物”,人拥有理智和智慧。这也是启蒙的主要观点,人通过占有新的知识能够解除世界的蒙蔽性。人类相信自己可以通过理性达到全知和全能。

在哲学领域科学是综合性的社会现象,社会再生产的重要组成部分,科学的产生和发展最终取决于人与外在自然之间的生产结合程度。科学是一定历史阶段产生的,是关于自然、社会、思维的认识系统,目的是达到某种程度的客观真理。科学是最高形式的概念化实践,以抽象的形式传达正确认识现象的本质,认识社会和自然界的规律性。② 科学在一定程度上是科学行动、知识及科学活动的前提,又是科学活动的结果,所有的科学理论很大程度上都是哲学问题的提问方式,所有的科学领域都是如此。

此外,“真理”的概念很重要,因为“真理”在文化和哲学史上是变化不断的。为此我们要正本清源,才能将科技与真理之间的关系更好地加以理解。

唯物主义的真理概念来源于亚里士多德,亚氏对真理的阐释影响了以后几千年的认识论。托马斯·阿奎纳(Thomas Aquinas,1225—1274)是有影响的哲学家和历史神学家,属35位天主教最重要的经师。关于真理的概念在哲学历史上,唯物主义和唯心主义展开了激烈争论。唯物主义的真理观由亚里士多德提出,他第一次提出真理并非现实物体特性或者某种理想的本质,而是在认识主体阐述与认识客体之间的关系中找寻过程,真理是一种认识的一致性,论述与现实更加精确。

由此可以看出,真理在启蒙之前是上帝的,具有神性,在启蒙运动之后强调理性。人通过掌握新的知识克服世界的朦胧,从而实现全知全能。科学是达到征服世界的最好途径,从而使真理的概念发生了改变,人开始脱离神性。

小说作家采用了较为隐蔽的方式提出文明批判,在“地穴”一章中洪堡错过了一个洞穴,他要求导游帮助去弥补,出于安全考虑导游拒绝了,回答了一句:“人离

---

① Kaiser, Gerhard: “... *wilder als alles Vergängliche*”: *Fünf Essays zu deutschsprachigen Werken der Gegenwartsliteratur*. Freiburg: Rombach Verlag, 2011, S. 76

② Georg Klaus u. Manfred Buhr: *Philosophisches Woerterbuch*, *2. Bd.*. Leipzig, 1976, S. 131.

不开光线。”正如小说中一再强调的，存在一种表面的真理和深层次的真理。人能接近真理或者感受到真理，但永远也达不到，对人来说真理就像上帝只能接近，对此，洪堡的反应是：“光，是学问，不是亮。”这种想法符合当时大部分人的想法，对科技的狂热崇拜，少有人觉悟。当时拿破仑垮台后欧洲一片混乱，成为噩梦的上演地。

小说的标题有两个关键的概念：测量和世界。测量成为小说的主题，情节发展的线索，也是两个小说人物的研究活动，毕生的经历。高斯和洪堡作为那个时代自然科学研究者的代表人物，他们是各自专业领域的佼佼者，具有很大的名声，但奇怪的是到了他们年老的时候都问自己一个问题：“什么是科学？”高斯的回答是一个人孤单地坐在桌旁，一张纸在手旁，最多拿支望远镜，朝着窗外的蓝天，没有搞懂之前他不放弃，这就是科技。随着时间的推移，年老的高斯认为，他相信理念，认为科学不是数据和结果，而是一种态度和精神。而洪堡认为，测量是崇高的艺术，在科技考察过程中能最接近科技。高斯反驳他说：“那些洞穴、火山、矿山上的东西都是偶然无关紧要的，世界不会更敞亮。”他甚至说，没有一个数据会跟上一次完全一致。实际上，年老的洪堡发现自己终于明白高斯所说的话，他也发现喜马拉雅山要高得多，这对洪堡是一个巨大打击。此外他的探险也是失败的，他对此耿耿于怀，他自己也迷糊了还遭到年轻的科学家嘲笑。

洪堡和高斯所测量的世界，仍然不清楚，反过来问，世界又是什么呢？同样这也是个问题。在基督教教义中，人是世界的一部分，因为你是尘土，最终要回归尘土①。古代日耳曼语中“世界”词源学意义是“合成体”的意思，首先是指人世、时间、人类，从一开始就意味着世界是承载人的集合体。尘世的意味着与基督教堂式的生活对立，最后变成带有宗教色彩的词汇。小说中所描绘的世界实际上承载生命的世界，上帝处在这个承载体之巅。世界考察和寻找真相的过程实际上是接近上帝的过程，也是感受神性的过程，洪堡和高斯是人，他们也离不开光。克尔曼委婉地批判了对人的测量和科学的失测。

克尔曼一再提到叙述的不可靠，在“海洋”那一章里洪堡和布朗德，洪堡感觉到从没有这样自由过，他庆幸自己没有晕船症，但马上他又要在日记上记载他在呕

① 《圣经·创世纪》(Genesis 3.19)。

吐，读者读到这里会产生疑问，到底洪堡有否晕船？最后布朗德问他，是否有一些晕船？他自己不知道，他决定否认，当然有时呕吐，但自己没有注意到①。

在“脚”这一章，洪堡和布朗德开进奥利诺克，但几个小时后洪堡发现，跳蚤爬进了他的脚趾，他打算将这些跳蚤记录成普通的沙蚤，而在日记里他只字未提自己被感染，虽然不严重，但法国助理认为这是洪堡的虚荣心作怪，因为一旦一个人脚趾头长虫，说出去会毁掉他的名声。

海洋汇集了过去、现在和将来，高斯表达了这样的观点。“旅行”那一章讲到高斯“很少正确，一个对存在的偶然性，无论人们愿不愿意，人被生出来，被捉住，给人创造了过去的好处，和让一个人成为将来的小丑”，高斯说了很多自嘲的话，这些“是我不能理解的话，超出了自己那个年龄理解力的，只有两百年后的笨蛋才会拿他开玩笑发现他的怪诞”。

“旅行”一章中高斯和欧根在边境站换马，高斯比较富人的旅行和穷人的旅行，发现富人需要双倍的时间，原因在于穷人使用邮车，每一站换一辆邮车，同时富人一直用自己的车，时不时要让马匹休息，高斯自己说这种方式太滑稽。

讽刺在小说中通过两种形式出现，一种可以理解为客观的讽刺，读者知道所说的实质意思是它的反面。例如高斯和洪堡急于需找到艮达米尔将军，让他介入解决欧根因参加了一场集会而被捕的事，他们好不容易找到了将军，看门人却说这是不同世界的首次交流，这个句子的实际意思是高斯和洪堡本应该呆在实验室做实验和分析数据，科学和政治没有交集。当然作者的意图并不是那么认真，门房人挖苦即使是最有名气的科学家像洪堡和高斯也没有特权，虽然他们都有相当的社会影响。这是传统的讽刺，说的是和所指是相反的。

主观的讽刺，是在叙述中认识到，高斯在衣帽间遇到一位叫施瓦本的大个子，在骂科学家，说他们高傲、缺乏逻辑和无脑子，这里，作为最底层的人看不起最伟大的科学家，无意中形成一种张力，实质上科学家拥有超乎寻常的智力，对社会贡献大得多，这种讽刺造成了荒诞的效果，从含泪的笑中认识到了人物的性格，主人公洪堡和高斯的认真、严肃、专注、变态、不合群以及过头尽收眼底。

情节设计的基础是两个伟人的相会，共同参加 1828 年柏林举行的德意志自然

---

① Kehlmann, Daniel: *Die Vermessung der Welt*. Hamburg: Rowohlt Verlag GmbH, 2008, S. 50.

科学研究大会。高斯为参加大会必须前往柏林而离开自己的家乡布朗施威格，高斯由他的儿子陪同。引起关注的是大会主角洪堡，他在欧洲已经小有名气，因为在25年前到热带地区的探险行动引起了全欧洲的注意。虽然小说的开头涉及的是高斯启程去柏林的旅行，去会见大科学家洪堡，但真正的会面并没有在小说开头出现，而是到11章以后这两个人物才得以实现。这两个章节之间插入了很多高斯和洪堡的生活细节，从第9章开始两个人物的故事和冒险分开叙述了。高斯和洪堡的第一次交谈是在晚宴上，他们提出了很多有关人的问题，例如人的存在、研究活动、认识、政治等，这是小说的核心部分。

洪堡当着国王的面作了一场报告，就在同一时间高斯的儿子参加了政治阴谋集会被抓，两位伟人忙着找关系放人。最后一章“树”讲到欧根被放逐，绕道英国和得内立法去了美国。

欧根作为政治流亡者逃到了美国，洪堡带着植物学家恩里伯格和矿物学家罗斯开赴俄国，测量工作继续保持为洪堡的事业中心，高斯则躲进哥廷根一间无窗的小茅屋里观察星象以研究磁场。

小说包含描述性和叙述性内容，前者是静态的介绍，后者是跳跃性的情节，这和小说中的主人公高斯和洪堡的对比一致，二者交相呼应。两个男人占了小说的三分之二，他们各自有自己的特点。洪堡出身贵族，家境殷实，有15个大学老师给他上私人课程；而高斯属贫苦花工家庭，他的中学、大学教育都是靠有钱人的施舍赞助而成，高斯一生很少离开家乡，在去柏林参加科学大会之前只出门一次，也是20年前的事了。高斯离过婚，孩子有一堆，对冒险不感兴趣，对洪堡的冒险记不感冒；洪堡没有家庭生活概念，数年来呆在南美从事科学观测和研究。

个性上两个男人存在冲突，同时两个男人与他们的合伙人(助手)之间也有冲突，两对矛盾：高斯和欧根，洪堡和布朗德，他们之间不仅仅是工作关系，同时也是大师与追随者的关系，他们各自有自己的特性。洪堡和高斯这两个人物也是互相对立的，尤其是他们的内在不同，包括世界观和研究方法。小说采用两条叙述线路来讲时间和空间的距离，时间和空间是叙述者的描写对象，小说的情节展示了时间关系，尤其是过去、现在和未来的交互关系。

高斯从小就是数学天才，具有空间感知超功能，微积分和高等几何学是他的长处，发现了计算皮亚茨行星轨道的方法，有几部天文学的著作，成为国家测算委员会的组长，取得了大学教职，并且私人观察星象，在他的生命后半段竟然发明了寿命测算法，可以预测死亡，他的数学演绎体现了理性(Apriorismus)。

洪堡和高斯都是多维度的，体现了人的复杂性，他们的个性，有相似的地方，也有不同之处，具备科学和真理事业所需要的要求，如认真、仔细、专注，说话、行动和交往方面都表现得与常人不一样。

在“洞穴”一章中，洪堡数妇女头上长满的虱子。这些妇女是主动来求他卖淫的，洪堡对上床没有任何兴趣，而他的助手迫不及待，对美女垂涎三尺，洪堡却坐怀不乱，安心数妓女头上的臭虱子。在“行星”一章高斯与约汉娜结婚，在新婚之夜还在写数学公式①。写下数学公式后他继续与自己的妻子云雨，这令他的妻子难以置信，即使自己正在和新郎经历着美好的时候她都觉得不真实。洪堡和高斯都是求知欲胜过性欲，对他们来讲，科学(从某种意义上是真理)胜过自己的生命。

男人—女人关系而言，洪堡和高斯对女人的态度和方式是有区别的，高斯一生结过两次婚，儿女成群，第一个妻子是约汉娜，第二次是和约汉娜的朋友。高斯的一大嗜好是与妓女交往，高斯在哥廷根上学期间熟悉当地所有妓女，并且受到妓女的青睐，他年轻英俊，风度翩翩，妓女中有一个来自西伯利亚的妮娜，每当他们亲热的时候就许诺要娶她回家，但最后高斯娶的是妮娜的朋友约汉娜。新婚两天前他乘马车到哥廷根最后一次光顾妮娜，和她厮混，在高斯解开衣带时，自己都难以相信，明天要迎娶的不是怀里的妮娜而是约汉娜。约汉娜生下孩子后高斯携妻儿搬到哥廷根，又开始与妮娜幽会。

洪堡完全不受家庭的约束，一生未娶。在“海洋”一章中维尔纳问洪堡，是不是有宝贝，洪堡的回答是“阻碍，只有无所事事的人才会考虑找老婆”②。在“洞穴”一章中洪堡对前来卖淫的妇女不是与之上床而是找她们头上的虱子③，专心研究虱子的学问。在赤那马斯探险任务中，洪堡测算死人洞，在回家的路上他在房子里发现了总督给他送来的一个女子，才不满 15 岁，洪堡毫无防备的情况下被女孩脱掉了裤子。洪堡挨着墙极力阻止女孩脱他的衣服。他不像高斯了解女人的内心，知道怎么哄女人。

---

① Kehlmann, Daniel: *Die Vermessung der Welt*. Hamburg: Rowohlt Verlag GmbH, 2008. S. 149.

② 同上第 30 页。

③ 同上第 76 页。

在“魔鬼”一章，欧根被捕，高斯和洪堡需要甫格特将军的调停，当时要询问福格特的妻子福格特在哪儿，高斯吹牛道，女人是不会保守秘密的，老婆知道的事情，没人不知道。洪堡表现出性欲异常，虽然他的性欲不正，但小说没有提及。“河流”一章中洪堡和布朗德有一任务在外，夜晚一个小伙子赤身裸体地爬过窗户，将洪堡弄醒，洪堡身体颤抖，蜡烛都掉了，黑暗中他听到两人的呼吸声，他伸手想摆脱小伙子，但当洪堡摸到小伙子的湿手，他缩回去了，像雷击一样。作者第一次直接描写洪堡对同性的反应，至于同性的关系涉足不多，但可以揭示洪堡的性取向。

虽然这两个男人代表着不同的科学探索世界的方式，但作为天才他们有共同的外在和内在特点。高斯对艺术、文化和文学等所有涉及心灵和人类内心世界的东西不感兴趣。在“旅行”一章中高斯去柏林旅行，旅行对他来说是一种折磨，高斯要了一本书，欧根给了他，一打开发现是他所感兴趣的，由弗里德里希·雅恩(Friedrich Jahn)缩写的《德意志体操艺术》，里面讲到体操器械，作者详细介绍到高斯正要想到的体操器材，人们可以在器材上攀爬滚团，有的叫鞍马，有的叫平衡木，还有跳山羊。但当读完之后高斯骂作者一定有病，于是将书扔到马车的窗外。在“儿子”一章中，高斯同洪堡谈论了很多话题，例如政治、人类生存状况以及理智等。高斯告诉洪堡，欧根写诗，但“写一些所谓韵脚的玩意儿，打小开始不想给老子看”，其实反映了儿子和老子的不同志向。洪堡提到他哥哥威廉，说他在深入研究席勒，文学在他是一扇不开的门，没有数字的书会令他不安，看喜剧在他是折磨。高斯同样在戏院受过一次折磨，在“星星”那一章高斯到不莱梅，坐在皇家剧院里，伏尔泰的戏剧在上演，这几个小时的看戏令他如坐针毡，虽然翻译得很好，也有格调。高斯还看不起同时代的巨星歌德，他对一个叫贝塞尔的人说歌德兴许在这家剧院的角落里，他是驴子，因为歌德居然想更正牛顿的光学理论。

在这一点上洪堡和高斯在心理上有相似点：他们对艺术家的活动排斥和歧视。他们认为，艺术家遵循世界的真理，他们的作品里应该尽量少虚构甚至完全不要自己捏造的东西，这样就会减少与真理的偏差，因为捏造的东西误导人们，粉饰欺骗世界[①]。这两位大科学家不喜欢没有数据的书籍，同时对社会和政治不敏感。

在“旅行”一章中高斯的儿子陪同高斯由哥廷根去柏林，在邻近普鲁士的边境

① Kehlmann, Daniel: *Die Vermessung der Welt*. Hamburg: Rowohlt Verlag GmbH, 2008, S. 182.

一家小酒馆吃饭，这时来了一位边境官员检查护照，高斯身上没有，连一个纸条和盖印都没有，高斯解释他从用不着这个，20 年前他去汉诺威，没有任何检查。费尽周折，高斯终于来到了未来之城柏林，但他很快就发现这个将来会成为巴黎、罗马和彼得堡的城市非常令人作呕。

在“园林”一章里高斯作为国家测量委员会部长，洪堡此时作为枢密使，他们同伯爵亨利希有一次密谈，这次谈话一直让高斯分心，不一会儿就全身冒汗，对这位贵族所言完全文不对题。虽然高斯有数学天才，在数学和天文事业方面有旷世之功，但他完全不懂世故，没有政治头脑。小说中有一节是“魔鬼”，欧根被捕，福格特在开会，为求情洪堡给了看门人钱，高斯完全看不过眼，拒绝贿赂。在与福格特会面时，高斯要求放人，洪堡答应日后感谢，而高斯直接揭穿。洪堡的好意当场被高斯斥为胡扯，拒绝了福格特的好意，离开了房子，释放活动流产了。高斯觉得虽然不聪明，但他就是不喜欢这样。

对洪堡和高斯从小描写到大，虽然他们的生命打上了深深的测量烙印，但在垂暮之年回顾自己的研究似乎是没有意义的。毫无疑问，这两个测量世界的男人最终没有测量好自己。“测量”作为小说的题目故意制造歧义，因为测量还有走火入魔的意思，或者说误导的意思。这两位天才将测量定为创造行动，高斯忙于数字，“物理建立在规则上，规则之上是定律，而定律是建立在数字之上，如果仔细看，它们是互为关系”，高斯看出数字之间的衔接不完整，认为数字是上帝的安排。在“儿子”一章中，洪堡和高斯首次深度交谈，其中包括“理智”的话题，洪堡认为理智为定律塑形，高斯摇头表示反对①。

洪堡将测量当作对自然的征服，在“天穹”一章中洪堡做了报告，他的信息是“路途的尽头测量要结束了”。道格尔在报告会上对高斯说，洪堡自从巴黎归来再也不感到“老了”，洪堡的旅行日记，并没有达到读者所期待的水平，“年轻的科学家取笑他”。喜马拉雅要高得多，对老洪堡来说是一个重大打击，他好多年都不承认，洪堡的印度考察失败，也令他一蹶不振。

“草原”一节很滑稽，洪堡第一次踏上蒸汽船，船偏离方向，船上的人面临危险，一位叫罗斯的助理建议返回岸边，洪堡表示了拒绝，顽固地继续航线，罗丝走向洪

---

① Kehlmann, Daniel: *Die Vermessung der Welt*. Hamburg: Rowohlt Verlag GmbH, 2008, S. 220.

堡，寻求导航仪的帮助，最后洪堡看了一下左边，“罗斯走向船长直接指挥他反向，半小时后到达了岸边”①。导航仪失灵了，接下来的文字提到洪堡低声对恩里伯格悄语道，这个世道没有科学了，洪堡想面对面对高斯说他现在很能理解，最后洪堡自己提了一个问题：哪些人离开了高斯和洪堡，哪些人一直呆在家里？

两个科学家最后都追问研究的局限性和可疑，对自己的功绩表示怀疑，世界的测量变得迷糊，最后高斯和洪堡作为孤独的人被世界隔绝，隔绝让他们最终成为一类互相在一起，成为一对奇怪的人②。

威廉·洪堡和亚历山大·洪堡兄弟两人作为对比角色，体现了复杂性，他们作为贵族子弟，从小彼此不可分割。洪堡的母亲到歌德那儿讨教儿子的教育问题，得到的建议是：洪堡兄弟。歌德的话深奥难懂，最后还是昆特做出决定，一个要做文化方面的培养，一个做科学家的培养。洪堡母亲马上高薪请来了 15 位大学授课老师面授，小的对数理化感兴趣，大的对文学、希腊、拉丁和哲学感兴趣。这两人形成了对立但又紧密相关的科学研究，分别代表了自然科学和精神科学。

弟弟亚历山大寡言少语，哥哥能够像诗人一样演说，13 岁威廉就掌握了 2 种语言，14 岁掌握 4 种，15 岁掌握 7 种。威廉是伟大的计划家和写作家，从小就对语言有天分，这种语言天分并不在其外在而是他内心深处。

从小两个人就出现竞争和对抗，两个人甚至发生过计谋。有一次威廉将亚历山大关闭在一间密闭的房间，关了一整天，最后昏厥；有一次哥哥在弟弟饭里放毒；还有一次威廉带亚力山大去冰冻的河面上，弟弟落入冰窟窿。虽然兄弟俩尚未发展到死敌，但他们关系紧张。

在“海洋”一章里洪堡和布朗德去了西班牙，在分别的时候布朗德叹息道：“弟弟出远门，哥哥和嫂子连头都不回。”在“草原”一章中也有表现，在卡乐琳死后兄弟俩在谈论，他们相向而坐，亚历山大拉住哥哥的手，仅仅是做做样子，他们彼此一言不发，拥抱彼此也只是象征而已。此后，亚历山大就去俄罗斯考察了，兄弟俩还有书信往来。在途中，亚历山大·洪堡收到了威廉的信。

这封信实际上是对科学实验的评论，对人类复杂性的考察，科学和文学既有可

---

① Kehlmann, Daniel: *Die Vermessung der Welt*. Hamburg: Rowohlt Verlag GmbH, 2008, S. 290.

② Pütz, Wolfgang: *Daniel Kehlmann*: *Die Vermessung der Welt*. München: Oldenbourg Schulbuchverlag, 2008, S. 81.

比性同时有区别，这一点集中体现在精神科学家威廉·洪堡和自然科学家亚历山大身上。他们不仅体现人的统一和一贯性，同时也是矛盾综合体。

洪堡和高斯的对比，小说《测量地球》设置了两对工作搭档，一对是洪堡和布朗德，一对是高斯和欧根。在洪堡和助手布朗德之间存在个人和个性方面之间的对立，互相作为一面镜子。他们建立了工作关系，同时也是师徒之间的关系，这种师徒关系折射的是各自的性格差异。

洪堡和布朗德第一次碰头是在洪堡家的楼梯间，那时洪堡刚好要出去探险考察，布朗德不小心碰着洪堡的手，他们缘此结识了，从对话中洪堡了解到布朗德25岁，来自偏远省份拉契赫。布朗德希望随行，他对生物和医学领域懂行，洪堡也表达了自己考察需要助手的意愿，两个人从此形影不离。

起初他们表现出性格差异，经常产生误解，有关丈量山丘，布朗德怀疑丈量每一座山丘的必要性，因为他觉得他们应该是旅行。洪堡的认真和求实，严肃专注和挑剔在这段话中表现无遗："如果没有每一座山丘的高度，必侮辱我们的理智……"①

布朗德帮助洪堡做测量工作，洪堡冠以"旅行同伴"的名分，布朗德不是科学家，对科学和真理不通，布朗德代表的是思想和感觉的对立面②。洪堡在精神和体力上强大，有勇气挑战自己的生命极限，他的"生命能量越过了狭窄的感情世界，他的激情体现在对数字的渴望上，他的发现欲，他的实现欲和对器材的热爱上"③。

在"河流"一章中洪堡和布朗德坐在岛礁上，洪水近在咫尺，两个人悬挂在生死边界，布朗德抱着酒瓶喝酒，洪堡却在全神贯注地计算洪水速度，并思量动植物学中的一些错误，布朗德对洪堡的行为反应是蹙紧眉头，只有一句话："死毕竟是死。"

---

① Kehlmann, Daniel: *Die Vermessung der Welt*. Hamburg: Rowohlt Verlag GmbH, 2008, S. 42.

② Pütz, Wolfgang: *Daniel Kehlmann: Die Vermessung der Welt*. München: Oldenbourg Schulbuchverlag, 2008, S. 71.

③ Nickel, Gunther: *Daniel Kehlmanns "Die Vermessung der Welt"*. Materiallen, Dokumente, Interpretationen. Hamburg: Rowohlt Taschenbuch Verlag, 2008, S. 80.

第二节　恩岑斯伯格《泰坦尼克号》中的灾难文学范式

《泰坦尼克号》中的旷世大船之沉没,激发了无尽的激动和想象。先前关于航海和灾难的想象和事件已经包含其中,有关这场灾难的首批新闻片段几天之内就出现了,一个月内该海难已经拍成电影短片。有关该海难的记录直到今天仍是畅销书,泰坦尼克号事件一直是小说和电影的题材,詹姆斯·卡梅隆(James Cameron)导演的《泰坦尼克号》(莱昂那多和温丝莱特主演)最少是第 9 部相关题材的电影,这些故事的主题从叙述英雄主义、仪式化、内在化、错误与救赎到浪漫主义,美国的男子气概对英国柔弱的胜利等。豪威尔的戏剧告诉我们,灾难如何变成神话,犹如初级社会的神话。作为文化设置,抽象的价值变成直观的水泥,暂时没有用的时间变得有意义。从一开始,灾难教训的初衷变成了惩罚的命运之手,不可沉没的幻想演变成高傲自大的悲剧①。

在第二次世界大战之后,泰坦尼克号的沉没作为西方文明败落的符号,传统的道德价值变成漂浮在水上的东西。瓦尔特·洛德(Walter Lord)《记忆之夜》宣告黄金时代的结束、英帝国的没落,史蒂芬·比尔(Steven Biel)将洛德的书理解成安全时代自恋的叙述,在一个通往原子时代的世界里,泰坦尼克号既像又不像一枚炸弹,瞬间毁坏的尖叫,是错误的自信的先声。洛德的故事多次翻拍成电影电视,反潮流地反对进步和原子技术,不信任福利社会和安全社会。

泰坦尼克号下沉包括叙事、抒情、戏剧和哲学碎片,也许是相关最为有名的、最为复杂的想象性作品。政治的敏感性当然也是其最为出色的特征之一。恩岑斯伯格(Enzensberger H. M)认为自己试图将这船作为分析资本主义社会的微观世界,寻求冰雪上的革命。这部诗反映了作者对无政府主义的乌托邦理想和社会主义的绝望,诗人写到掌舵人的命运,黑人、司炉工、失业者、流放者等,在恩岑斯伯格眼里,贝都宁人从船舱的油画上走下来涌向甲板,泰坦尼克号体现了整个西方文

---

① Kaiser, Gerhard: "*wilder als alles Vergängliche*": *Fünf Essays zu deutschsprachigen Werken der Gegenwartsliteratur*. Freiburg: Rombach Verlag, 2011, S. 95.

明,文化和哲学,但丁、恩格斯、巴库宁也在乘客之列,4 万 6 千吨的排水量象征着资本主义的财富,其代价是牺牲埃及人、犹太人、波兰人、墨西哥人、爱斯基摩人和巴勒斯坦人。

恩岑斯伯格的基本目标是这样的一个社会,在那里安全只是错觉,不公正和自我毁灭的力量是错觉,个别的章节谈到科学主义和技术至上的狂妄、奢侈和资本,阶级冲突和第三世界的压榨,大范围的批评现代性。下沉和水洗是恩岑斯伯格的一贯主题,包括之前的作品《泡沫》《致所有的长途电话者》,表现了在流散的社会里个体的比喻性形象,核技术以及其他技术威胁下人的压抑。

作者有抽象的寓意,冰山象征着未知数、不可计算性、异文明者和人类理性并非能完全达到的地方,人类在技术统治下所蕴含的威胁,呼吁人对自然法则的依赖性,冰山既美丽又隐藏着巨大的恐怖,象征黑色浪漫主义的泛神主义,历史并非线性的,而是遵循自然的循环原则,拒绝意义的存在①。

在这方面,政治和形而上的意义比不上对技术和环境自杀的叙述的意义。“这仅仅是少数乘客的事情”,诗人说,“我的确看到了人类整个物种的偶然性地,挂在倾斜的甲板上,在用力抓住,自我毁灭”②。滑落、坠入海水、埋葬在冰山之下,泰坦尼克号的灾难比后来一切核恐怖还要逊色的多。

核启示录是被艾丽巩 · 苏比奥拓(Arrigo Subiotto)认定的长期的环境担忧,在恩岑斯伯格的作品里,消灭物种、环境污染和人口爆炸等大灾难,最开始发展于战后时期的潜在威胁。从恩岑斯伯格最初在《豺狼的抗议》中解释浪漫思乡的过去,到后来《风景的语言》中人类对自然世界的毁坏。1962 年的古巴导弹危机中,如果人类生活在核威胁下的福利中,灾难是迟早的问题。恩岑斯伯格怀疑人类所谓的进步,人类是否能够掌控自己所发明的技术,为此恩岑斯伯格的《盲者誓言》指出辐射是自然来惩罚人类,是对极权的资本主义的拙劣启蒙。

恩岑斯伯格从资产阶级的消费主义和核威胁转移到批判垄断资本主义和工业帝国主义,1973 年他又回归到环境方面来了,他写了散文《政治经济学的批判》,致力于批评绿色政治的意识批评,呼吁生态的紧迫性得到重视。恩岑斯伯格批评人

---

① Safranski, *Rüdiger*: *Romantik*, *eine deutsche Affäre*[M], Carl Hanser Verlag, 2007, S. 40.

② Anz, Thomas: *Literatur und Lust*: *Glück und Unglück beim Lesen*, München: dtv, 2002, S. 135.

们假装在同一条船上,就像在泰坦尼克号船上,这是幻觉。

他接下来的主要诗作是《纪念碑》,有一个讽刺的副标题“对未来进步的 37 个谣曲”。描写了自 14 世纪以来到现在的启蒙理性人物和反对者,这些诗歌有内在的关联性,科学技术被奉为顽固的努力,但在《泰坦尼克号》里一切被暴露,质疑了进步和技术,在第 8 章里,一位工程师站在泰坦尼克号的船甲板上,认为这不成问题,大船怎么会下沉? 只是沉思在所有发明的底部都是灾难。

恩岑斯伯格作品里的乘客对灾难表现平静,不足以让始作俑者惊醒,公众的弱势不足以影响德国政府的政策,无论是核能源问题还是全球变暖问题。

泰坦尼克号的下沉和德国其他涉及冰雪或者伤冻之死的题材作品碰在一起,雪和冰,洪水和黑暗是诗歌的想象,这不仅仅是 20 世纪 70 年代的政治绝望,同时也是环境问题的灾难。德国民众出于对安全和个体自由的主张反对建核电站,恩岑斯伯格参与进去同时又保持距离,他的传记作家约克・劳(Joerg Lau)指出核灾难在恩岑斯伯格 20 世纪 50 年代作品中就有,运动达到高潮时,恩岑斯伯格写了长诗《比基尼的青蛙》,该作品联系到他自己小时候诺里姆堡轰炸的情景。泰坦尼克号的下沉标志着作者转向相关题材的轻松笔调。

泰坦尼克号被冰山碰撞,船上的乘客相继滑向冰冷的海面,成为自然对人类威胁的另外一个证据。其他的天灾人祸都以此为起点,分别出现在 22 和 31 章。这种存在于文化的悲观主义想象,斯宾格勒的悲观主义和文化堕落主义,对西方文明的终结的预言,体现了德国人的宗教启示录精神①。存在主义的想象与文化负面失望,和带有攻击性的政治姿态,同样存在于恩岑斯伯格作品里面。否定和悲观一直留存在他的作品里,这种批判恰恰是人类智慧的积极性,人的自由积极理想和文化悲观之间是一种辩证关系。如果泰坦尼克号的沉没邀请读者得出某种结论,这种结论绝对不是仅仅颠覆破坏它。“它是某种当下的德国文化氛围”②。

在“政治生态批评”中已经出现了对厄运的警告,在生态运动中,科学论断已经和某种政治企图和利益结为一团,一些人指明另外一些人隐瞒。科学—心理需要

---

① Deterding, Klaus: *Eine Handvoll Erde*. Organisch-ganzheitliches Denken in Wissenschaft, Dichtung und Philosophie seit 1770, Berlin, 2000, S. 230.

② Krause, Tilmann: *Größe und Komik deutscher Kultur*. http://www.welt.de/welt_print/article1239716/Groesse-und-Komik-deutscher-Kultur.html. Stand: 12.05.2012.

体现在对转变和救赎,体现在事物的毁灭,罪恶感和逆来顺受,逃跑主义和对文明的敌视。环境主义者的转变,让文学技巧可以减轻灾难成为心理快感。

恩芩斯伯格指出启示录就是当下文化的无所不在,是对神明的保护,这超出了人类的理解力。政治腐败、经济危机、恐怖主义、贫困和环境破坏这是现代文明发展的副产品,是当今世界的几大魔鬼。启示录不再是一种单一的时间,它失去了终结性和宇宙宏观性,突然性和不可以期待性,成为一个蔓延现象,影响了一些国家和世界的一部分。另外一些人快乐地看着,努力重新解释乌托邦社会主义的政治愿景。不管这种启示录怎么样,根据恩芩斯伯格的意见,将来一定会回归自己的重要性。需要的是新的左派主义的理论,摆脱了战争思维重新认识到在大众乌托邦主义的启示录,在 20 世纪 20 年代马克思主义将这种由斯宾格勒引发的兴奋当作资本主义崩溃的标志。20 世纪 60 年代开始的进步热情对社会主义乌托邦的理想,伴随着对资本主义西方世界启示录价值的消失,不管今天启示录怎样严重消极,想象力是针对将来的,而科学的分析是针对过去和将来的。理论必须建立,且要汇集集体的愿望和担忧,渴望乌托邦的民众的启示录担心是一种波动的能量,能够在底下毁坏社会既存的秩序,毁灭想象、叙述,失望、慌乱和担忧,反映着要求公正的信念和希望,这里存在“现实主义”文学和原子灾难的电影化愿景、洪水和流行病。

恩芩斯伯格的蔑视和消极态度正如我们以上所说,贯穿反映在泰坦尼克号的后启示录意识上,启示录的叙述不断打破,被诗人的观察打破。1912 年的灾难不是对积极改变的警醒的大难,在 29 节诗行里他追问我们在谈论什么? 结束了,那是我们仍然相信的时代,我们不要考虑结束的事情,正如他先前在诗里所说,富人仍然是富人,指挥官还是指挥官,人们不是排斥而是强烈渴望厄运的到来,像自杀的人希望找到不在场证明,这是那位工程师的评论。

泰坦尼克号沉没是个人重新定向的作品,时不时出现左派政治的意识形态,恩芩斯伯格具有一种不偏不倚的态度,同时有一种生命提高的美学行动和美学和自相矛盾的乐观主义。灾难的叙事又被反叙事所左右,是唐・吉诃德式的个体对技术和自然灾难的无常[①]。出于个人对所有异常的规避,日本泰坦尼克号幸存者在

① Dietzsch, Steffen: *Zeit und Natur*. Zum Naturverständnis in der deutschen Romantik, in: *Die Naturphilosophie im Deutschen Idealismus*, hrsg. von Karen Gloy und Paul Burger, Stuttgart, 1993, S. 176.

门后鞭笞自己，就像基督钉在十字架上。

19 章的内容中，5 个中国偷渡客在灾难第二天的救生船破布里从袋子里钻出来是勇敢的实用主义。缓刑是对人类新的前进愿景最有意义的展示。恩岑斯伯格非常平静地指出岩浆正在吞噬他的家，这可能不是事实，但是人与火山喷发事件是以 1973 年事件为背景，在网上可以找到依据。

冰岛人的英雄行动救了凡斯迈耶镇，这座国家最有名的钓鱼岛，这次火山喷发有名的原因是居民用海水慢慢阻止了火山运动，用了几十公里的管子和很多抽水泵。钓鱼池被保下来，同时也被升高了，之后这个乡村得到了重建，还利用冷却的火山变成地热资源。

这个寓言是灵活多变、足智多谋地运用技术，表明实用的文明的不确定性，获得感谢性的幸存，它推动问题时扩大了恩岑斯伯格的后启示录，这种于后现代一直用意象代替现实延缓死刑的到来，似乎是诗人从一个安全的地方看这个事件。恩岑斯伯格的视角很像格奥尔格 · 凯泽尔(Georg Kaiser)，都是文学现代主义的代表。

虽然对后现代的一致定义尚未出现，但可以从多方面视角审视社会文化反观后工业社会和社会后现代性。但是泰坦尼克号的沉没和后现代之间具有相似性，单就标准的作品数量来说，恩岑斯伯格和凯泽之间就有很大的区别。第一点必须指出的是恩岑斯伯格没有受后现代理论影响，泰坦尼克号的沉没和两个边缘说明早于最少同时吻合于后现代的某些关键地方。他从不书写后现代，他将 20 世纪 70 年代的德国社会现象作正常化的，娄拓德(LYotard)和其他支持者认为后现代是超脱现代主义的自由，恩岑斯伯格的视角相反非常尖刻，娄拓德将社会理想功能投射到艺术上，成为道德和社会文化的动力。

恩岑斯伯格和娄拓德之间有相似性，体现在他们对现代性的批评，二者都建立在阿多诺和霍克海 1975 年到 1980 年期间，作品都是集中批评现代和进步概念，同时娄拓德也是在研究“后现代条件”，例如大叙事失去合法性和现实的解释性，自从基督教堕落以来，现代性的推动力是马克思主义和通过科学实现人类进步的神话。诗歌“理论认知朝向模型”和“哲学部门”在泰坦尼克号的下沉反思中成为科学合法性的危机。跳过这些，这部作品作为整体是认知的、后现代的，反映对现代进步和灾难双重进行的反应。

在这点上，塞菲亚·菲耶塔(Silvio Vietta)对文学现代性的概念，划分为两个阶段，第一阶段是1880—1925年，第二阶段是20世纪五六十年代，文学在文化中间位置可以更好地理解技术化的自然，技术和自然联想到的现代性和解释凯泽尔的戏剧和浪漫主义，是反对启蒙的理性主义的联系点。文学的现代性不仅延伸至波德莱尔，波德莱尔往往被当作现代的根，他认为20世纪七八十年代许多作品是参加现代题材和形式的关键逻辑发展。

对菲耶塔来讲，现代性开始于18世纪从霍尔德林及浪漫派开始，对历史发展是一种反应。1793年德国作家第一次表达对法国大革命的绝望，这种政治考量伴随着读早期理性主义的基本批评，以及对现代科学、技术和经济现代化的批评。在大概念下的艺术和特定的文学概念下开始形成自己独立的空间，有别于神学、道德和政治功能的一种学科，一种反话语开始出现，反对现代人对自然的战胜和单维的人类中心主义。从那时开始，文学和艺术一直致力于创造自己的乌托邦，同时开发那些因素——防止自己的理想被当下社会里变得现实化[①]。他们开发新的语言和形式，我们人类与自然的和解，但同时保持一种清醒，及一切只是梦想的境界。

前现代主义批评工具理性主义，例如(浪漫)现代主义利用乌托邦来推动对将来的期望，喜爱自然取代支配自然，和解取代开发，自我为中心被多维思考取代整体主义。恩芩斯伯格现代写作透露着一种不同的人与自然的关系，一种交流的乌托邦建立在爱他人和赞赏自然之美。现代主义的巨大文学理想国同时记录着企图的失败，和过去两百年的许多文章不同，最有力的陈述不是描述工业化和污染，而是批判性地反思现代性的哲学基础，尤其是他的人类中心主义和主观性。

早期的现代主义(霍尔德林和诺瓦利斯)可以看到这些出现在19世纪很多作家笔端下，并在20世纪继续出现，战后作家中如英格伯格·巴赫曼，批评现代主义中的法西斯性和父权主义[②]。20世纪末期集中批评工业化和消费社会，自我摧毁和环境摧毁，以警示的乌托邦形式，其中心是自我反思能力和不同的意识。

从启示录式的毁灭想象，深渊、黑暗和寒冷的想象是现代主义的特点，显示了

---

① Dies.: *Weltbild und Naturaneignung*. Zur Kulturgeschichte der Natur, Frankfurt/M. 1991, S. 209.

② Ders.: *Solidarität mit der Natur*. Literarische Proteste gegen den industriellen Fortschrittswahn, in: *Diskussion Deutsch*, 135/1994, S. 3.

孤独和异化，这是主体从自然剥离以及掌握了有关自然的知识用以控制它，利用它的必然结果，直到最终毁坏。恩芩斯伯格描述了技术灾难，在想象和叙述的田地里，同世界末日联系在一起，19 世纪末期从个体再带到集体的命运，最后集中在技术灾难的焦点上。

第三节　歌德自然书写的文学生态学解读

歌德预感到 19 世纪文学中微弱的虚无主义，死去的基督从世界屋顶上坠下，没有了上帝。和毕希纳及一些后续的哲学家叔本华和尼采一样，歌德试图调解现代人同自然的异化，手段是通过哲学、神学的以及诗学的整体主义。

田园牧歌式的自然作为有道德体验，支持文学的仪式化作用，简单和自我克制，对乡村生活的理想化和城市生活的批评，17 世纪宫廷的奢侈和 18 世纪的乡村文学越来越重要。维特在 1771 年 5 月 12、15、26 日的日记证明一个阿卡迪亚的田园景象，节约、谦虚和自我节制，有助于将个体融入自然环境。6 月 21 那封信中的一段最明显，维特是这样写宗法社会生活的：

“这样一来，就连最不安定的流浪者，最后也渴望返回故土。于是，他便在自己的茅屋里，在爱妻的怀里，在儿女的环绕里，在操持家务的辛劳中，找到他在天涯海角从未找到的欢乐……感谢上帝，我很自然地把古代宗法社会的生活习俗融入了我的生活，可以说，再也没有什么更能使我心中充满宁静而纯朴的感觉。”①

整体主义地理解自然，大量存在于新柏拉图观察系统和歌德思想中，存在于歌德关于花岗岩学说中让那个人和自然之间的关系形象化。“流浪者夜歌”将无机的环境山顶和有机的生物例如森林联系在一起，动物和人构成的是一个和谐的宇宙关系，人作为“植物的变形”和“动物的变形”综合。

歌德理解大自然的明显观点是对当时工业化的批判，1797 年的《瑞士旅行》一文就是如此，歌德的谈话和书信里都有痕迹，但在《威廉・麦斯特的漫游年代》中最为明显；歌德在《教育省》中的消极对待现代化通过四种崇拜得到反对，高于我们

① 歌德. 少年维特之烦恼[M]. 关惠文，高中甫，译. 北京：北京理工大学出版社，2015. 25.

的、接近我们的、低于我们的和存在于我们之中的；在“莱昂纳多的日记”中表达了作者的焦虑，工业化对社会、文化、就业等的影响：不断的机器折磨着世人，噪音像飓风一样慢慢席卷而来……

伴随工业化的开发，歌德描写了当时的毁灭性影响，是一种新的对自然的关怀。歌德并没有大规模对工业化提出什么主张，而是结合瑞士经济发展的上下文所描写的，没有证据显示他提出大工业机器对手工行业的摧毁，也没有学习过迈耶蒂(Johann Heinrich Meyrt)当时对于纺织行业的理论。尼德迈尔认为歌德对机器上升的观点只是个人体验，合乎他对现代时代的怀疑。所有的对自然的概念都集中体现在《浮士德》，其展现了现代对传统观念中人在自然的位置的挑战。彼得·马斯克(Peter Matussek)的书《自然图景和话语历史》以及他的《歌德和自然的时代化》是对歌德自然观，尤其是浮士德自然观的最好的研究。根据福柯的观察，19世纪末观念的变化，即从历史作为自然现象转化为自然的历史模式，达尔文的进化论是这种转化的顶点，19世纪60年代之初写出的《浮士德》中历史对自然的变化是不同的，显示了歌德对自然的不同理解，还有他美学理论和诗学实践的不同。歌德作品从人类中心向自然中心转化，主体的力量是开始，自然的力量是终点。事物不是从他的自身读出来的，而是主观建构意义。有的人认为自然中心论的颠覆站不住脚，他的美学从比喻寓言式转化为有机的象征性①。四个步骤在其中突出表现出来，首先是对事物有近乎狂热的了解欲望，其次是要有感同身受的一致性，即直观加入主体之中，这在《浮士德》中的《森林和山洞》一节中表现最明显，接下来在观察的基础上加入意义，其中克服空洞的原理，最后建构形象化的自然，集中体现在《浮士德》第二部中的独白。

自然的知识只能从收集事实的基础上得到，机械理性地注意后面的解释。他转向市民，能够得到一种存在的链条式的图景。并非参与式的纯观察者，他求助于炼丹术的试验，施魔法是正确的，但没有成功理解，没有深入自然。浮士德自己被反思的地球精神打败，不得不后退回至学究的抽象思考中。这接近表现主义的自然基本关系批判，既有与狂飙突进运动的基本自然概念，同时又是对它自然观念的

---

① Glaser, Hermann: *Kleine Kulturgeschichte der Bundesrepublik Deutschland* 1945 - 1989. München, 1991, S. 167.

批评。在 12 年之后,于作品森林和地狱的自白中,试图说明与自然对话的失败,最终变成一件大事。

歌德认为认识世界包括个性的直觉,同时含有科学的认知,在“大理石”论中尤其明显,无论是戏剧和散文都不是停止在平静的当下,作者一直期待不满意和不确定。

在“城门外”一章中,浮士德和瓦格纳复活节日的人口,人的自然被和自然的环境相类似,需要细心的同步建构。二者都在阳光下焕发新生,不像联系独白的象征性,物理和自然的东西被作为抽象思想的代替物。浮士德用一种理想化的眼光投入自然,提到快乐的希望,塑形和奋斗,上升等象征性的内容,希望变成人类。歌德科学思想是通过阅读歌德和席勒的通讯,自然和历史进程的重新和谐呈现,浮士德牵引着瓦格纳的注意力在自然和社会之间摆动,透露了他的概念框架。

歌德对自然的理解最终靠的是语言和形式。这取决于建构对话机制,严密计划团队的语言。歌德利用传统的思维模式加以新的想象来挖掘我们与环境关系的复杂性,呼唤更为明确的接近,更加生态主义的去解读。歌德戏剧化的诗学批评是那个时代自然历史转向的美学基础。

歌德是预料我们时代问题的人,菲勒蒙和包喀斯这对夫妇过着与自然相协调的和谐生活,成为浮士德这位盲者野心勃勃事业的牺牲品,是技术所造成的毁灭的象征。歌德是少数几位能渗透到活的自然和人类性质的人之一,这种深度没有别人能达到。《浮士德》第二部预示了我们的时代,菲勒蒙和包喀斯两位老年夫妇惨遭清除,揭示了人们过对简单生活的理想幻灭。这种痛苦也是现代的,浮士德认为人类一方面推进了他的技术革命,但同时也准备好了毁灭人类自己,为自己准备好了坟墓。

浮士德被看作典型无神论的知识分子类型,对世界充满责任感但同时处在社会边缘,大部分沉溺在智力的世界里,不断开挖自己的生活①。浮士德所孜孜不倦开挖的大堤不考虑其生态后果和人们的生命代价,象征着科学的技术专家的控制欲和野心。焦虑是现代人的记号,迫使人们追求大规模的杀人武器,联想到生化核武器基因技术等,浮士德成为技术科学不负责任和不关心人类生命和自由的代名

① 王利红.诗与真 近代欧洲浪漫主义史学思想研究[M].上海:三联出版社,2009.28.

词。20世纪六七十年代开始，全球都在开始讨论人类发展问题，认为人类会踏上美好的生活路途，或者只是幸存而已，浮士德式的人必须出发。70年代不断讨论，经济增长的极限，讨论最好的生产方式和保护能源，生态学家和反增长的作家将浮士德作为原始的“增长巨人”，这位增长巨人试图撕破地球每一个角落来扩展自己的欲望，根本不关心自然能否容纳人类的增长。通过解读歌德的《浮士德》可以窥探出作者在谴责浮士德的行动，体现了歌德的远见，指出了自我为中心的主体性的危险，也就是浮士德的盲目性。“旷野”“宫殿”“深夜”在《浮士德》中第五节都表明了对浮士德不得满足的进取心的否定态度，不过他的殖民地开拓计划并非完全没有正面的意义。浮士德最后的自白表明，从非道德的自我迷醉转到社会义务，他计划建立一片海边农地，那里生活的人自由与大堤保持一致，有一些乌托邦的味道。我们不妨可以解读为歌德思想是积极的，因为有形容词自由、行动和能干。这里可以把浮士德看作某种程度上歌德的传声筒，二者的同感和崇敬都在措辞上进行了润色，歌德将浮士德人为进行了拔高，因为他的瞎眼，浮士德误以为工人们挥舞铁锹的作业声是人们为他挖掘坟墓的声音。歌德隐含着对发展悲剧的担忧，人类成就注定是悲剧的，它永远意味着人类的自我欺骗和自大。

相比较而言，浮士德式的贪婪尚且不牵涉别人，且不付诸暴力，对菲勒蒙和包喀斯的处理方式正是这样，歌德笔下的这对夫妇非常谦虚、孝顺，团结友爱。神的秩序于浮士德是自然地依赖人手工的能力。浮士德想俯瞰大坝的风景，但众人拒绝了他的财产要求，于是变成了心病。浮士德命令他的魔鬼将他们变成新的家，于是他们变成了灰。菲勒蒙和包喀斯预示着浮士德的罪责确证了失败，他们的名字就意味着失败，意味着这块田地马上就要被淹没。这是现代“自然的复仇”的一段话，自然对人的技术野心和控制自然的复仇。浮士德不是代表正义而是神护佑的目标，“被救的是高贵的四肢，魔鬼的世界，一直向前的人，我们可以解脱他”①，他致力于冲破人类的局限基本失败。《与时间的赌局》可以看作绿色乌托邦的原型，浮士德是对现代政治、经济科学和技术的自1800以来的变化的一种绝望的呼唤。人类文明(普罗米休斯和亚当夏娃)不仅对恶战斗，作为消费世界，无尽的控制世界的力量而自己导致灾难。“实验室”这一幕是浮士德的帮手瓦格纳将矮人作为实验

① Goethe, Johann Wolfgang von: *Faust* Zeile 1934-7.

品,现代的基因技术也是这样去思考的,开垦的海边地是浮士德的新发现。

浮士德最后的自言自语是错误意识的宣言,否定了歌德于主人公的身份认同。最后不只是制服自然的宣言,还是自然和文化和解的意象,菲勒蒙将浮士德开发的那段土地作为花园,天堂和人类聪明智慧双手的成果,浮士德的垮台是由于自己放弃了通过自然和借助想象取得的成就,当然他的想象不等同于现代技术,而是牺牲人的善意自然法律。无论歌德的戏剧还是叙事都不像是现代化的谴责。歌德没有否定理性的运用自然,当然也没有明确提出警告自然污染和现代自然的枯竭,他的作品只是流露不讲道德的呼吁,自我为中心的盲目自大。浮士德揭露了专制的统治者和资本家。他的自言自语暴露了行动的自然问题,浮士德应给予谴责,但并不是因为他象征着技术的可恶,而是因为他的自私,他不穷的追求,他对人生命的无视,暗示一种不适当的恨和他一种尊严愿望。穆什克曾发出带有攻击权威的问题:“歌德有趣吗?”,他在 1968 年的第一篇散文写到:“他的蔑视和证据一起,增长他对自然的爱,面对新科学的审问,蔑视在改变。”歌德反对科学知识的分割切块,很多科学家为此批评歌德,穆什克说:“我们应该赞赏他那堂吉柯德式的理想”。到 20 世纪 80 年代,穆什克集中他和歌德的观点,反对启蒙式的理性主义,只是关心诗对自然受到威胁的主题和自然受到威胁的声音。他建议,神圣的学徒可以读欧洲建立原子武器的批评,标准的关系和合适的形式表达了我们对待自然和人类自身的态度,是与当下相联系的歌德。

《威廉的漫游时代》和《色谱论》都是对自然与人类关系的另外一种选择,漫游年代可以理解为工业时代中对社区生存的研究。颜色理论与自然相关,歌德认为牛顿怀疑《色谱论》是对自然无辜的威胁,观察者自己也是自然的一部分,他业余对自然的观察研究充满感情和认同,形成了一种自然智慧,我们可以从中学习。

他的科学策略告诉歌德,研究自然时感情必须在其中,不是每一个人接触自然都是这样,对研究对象的剥削必然是主体的贫困,二者之间是发现、保持和拯救的关系,是邻居式的感情和自然智慧,歌德对此树立了榜样①。将歌德称为绿色的,并非是迎合当前的时代政治。歌德并非民主主义者,但他接近自然的方式,他主张

---

① Frühwald, Wolfgang: *Fremde und Vertrautheit*. Zum Naturverständnis in der deutschsprachigen Literatur seit dem 18. Jahrhundert, in: *Zwischen Aufklärung und Restauration. Sozialer Wandel in der deutschen Literatur*, hrsg. von W. Frühwald und Wolfgang Martens, Tübingen, 1989, S. 451.

游戏理论、相对论和量子机制中的不确定论，观察物本身也要保留其尊严，这是社会伦理的倡导的民主方式。人类有一种信仰，把每一棵树、每一只动物都当作崇拜的对象。

歌德的整体主义目的是从人类中心转换到生态中心，与自然和谐，这才是我们得以幸运存活的保证。歌德科学书写为环境伦理提供了基础：“我们的文明进程没有阻止地向今天发展，我们不仅仅只需要保持人的权利，我们还需要保持我们的物质世界：我们的物质自然和我们同样重要，需要保护，我们需要一种传统密码，对自然的行为需要接触，这在德语世界里体现最多的是在伟大作家歌德的科学文献里。”①科学不再是自然的代替物，控制自己的物体通过概念和技术手段计算理论。

第四节 赫曼·黑塞《悉达多》的自然情结

赫尔曼·黑塞的作品一向以探寻通往内在的精神之路见长，而作者不断成熟完善的心灵探索之路正是因为汲取了不同地域的文化营养才使其变得愈发地充满智慧和具有现实意义，不仅为同时代的人们指明了精神求索的方向，更是当代浮躁环境下人们的一笔宝贵财富，给予人们深刻的精神启迪。黑塞的早期作品《悉达多》亦是这样一部求索心灵之路的作品，包含了丰富的文化元素。书中的重要意象“河流”更是印度教、佛教和中国道家思想的集合体。本节尝试从“河流”意象对于人物发展的推动和意象所包含的文化意义两个方面入手，浅析“河流”意象在《悉达多》中的重要作用和意义。

河流是文学作品中出现频率颇高的意象，其作用通常为渲染作品意境，但在《悉达多》一书中，意象“河流”的作用和意义远远不止如此。从表层的情节结构和人物发展角度来看，“河流”推动情节发展，同时也是主人公精神求索的见证者和推动者；从深层的文本阐释角度来看，“河流”意象蕴含着极为丰富的文化内涵，在作品后半部分，“河流”更是直接体现了作者黑塞的人文思想。

---

① Deterding, Klaus: *Eine Handvoll Erde*. Organisch-ganzheitliches Denken in Wissenschaft, Dichtung und Philosophie seit 1770, Berlin , 2000. S 85.

小说《悉达多》的主要人物为天资颇高的婆罗门贵族少年悉达多，婆罗门的教义无法满足他的精神渴求，于是主人公开始了他的精神求索之旅。悉达多曾同沙门苦修，禁欲冥修却只是短暂地逃离自我本体，无法回答他所求索的自我之问。离开沙门后，悉达多聆听了活佛戈达玛的箴言，感悟到真理的“不可言传”[①]，于是放弃苦修冀求于学说和导师为之解惑，决意于凡尘俗世间体味。世俗生活的感官体验伴随的思想麻木促使悉达多逃离，在经历一切后，悉达多最终于河边的生活中寻得宁静与真知。悉达多的人生求索可分为四个不同阶段：第一阶段为求学求师，包含了其学习婆罗门教义的少年时期，同沙门苦修以及遇见活佛戈达玛；第二阶段为尘俗中的自我探索；第三阶段为河边生活，感受河流奥义；第四阶段为修得圆满。先从表层结构来看，河流在情节推进和人物发展中都起到了重要作用。河流于文本中第一次出现是在第一阶段和第二阶段的过渡期，悉达多决定放弃求学求师，决定自己去亲历生活从而获得真知。“河流”意象在此起到了里程碑式的见证作用，承接悉达多过往的生活，衔接其即将展开的新开始。悉达多由曾经的寄望学说和导师的依赖状态，转变为自我的苏醒，渴望通过自我的经历去感悟去寻找人生精神之佳境。此时的悉达多自我意识真正苏醒，开始通过自我认知来感受世界，感官世界的美好令他心情愉悦。他看到大自然的美丽，山木花鸟，还有“美丽的河”。悉达多看到和感受到了河流之美，自然之美，这说明此时悉达多的感官感受已经开启，形成了新的看待事物的观点，他已告别了曾经视万物为虚像，试图绕过事物本身去构造意义的阶段，现在的他要通过自我对外物的感受来观察世界。“河流”的两岸如同悉达多的过往和未来，“河流”是连接两者的纽带，悉达多于河的一畔告别了过往，摆渡过河，抵达河的彼岸，进入其全新的世俗生活体验。

河流第二次出现于第二阶段与第三阶段的交界处。悉达多带着厌倦和痛苦逃离了第二阶段的世俗生活，他毫无目的地游荡竟又回到了当年他怀着满心欢喜告别的那条河流的岸边。此处河流的出现象征着循环，由此处开始又回到此处结束，但这循环不是单纯的重复，而是螺旋上升的运动形式，悉达多的世俗生活在河边结束，而后又开启一个更新的生命篇章：体悟河流奥义，渐臻佳境。当悉达多失望至极欲投河自尽时，河流给了他新的启示：“唵”。“唵”是印度教、佛教中涵盖神圣意

---

① Wilhelm, Richerd: *Laotse Tao te King*. Köln: *Eugen Diederichs Verlag*, 1972, S. 11.

义的音符①,这启示悉达多,他还未悟真知,他的求索之道不可中断。可以说,在此处“河流”不仅在人物精神成长阶段中具有里程碑式的见证作用,更推进了人物的发展,是人物的拯救者和启迪者。

在人物发展的不同阶段,意象“河流”直接扮演拟人化的精神导师形象,于潜移默化之中授予悉达多万物统一之道,见证主人公的精神磨砺和渐臻佳境。悉达多的河边生活又可细分为四个阶段:前期与船夫维稣德瓦相处的宁静生活;情人伽摩拉之死;儿子的到来与离开;伤痛愈合、修得圆满。在每个不同阶段,“河流”以“不言之教”给予悉达多许多心得体悟。悉达多从河流那里学会“倾听”,读懂“善下”之道,体悟到时间的统一性。情人伽摩拉死后,悉达多于潺潺流水旁更加深刻地感受到时间的统一性,生命的永恒性。儿子的到来唤起悉达多心中的父爱,使他真正了解凡俗间人们的情感,并与之产生了共鸣。他意识到,所谓的思想家和凡俗间的人们其实只有一点差距:是否能感受到生命和外物的统一。河流给予了悉达多人生的智慧,在万物圆融统一的思想指引下,悉达多真正寻找到了内心宁静与真知。

从深层的文本阐释的角度上来看,意象“河流”包含了印度教、佛教及道教的思想理念,其丰富的文化内涵更好地阐释了作者黑塞的精神求索之路。而“河流”意象所蕴含的不同宗教和文化内涵与作者黑塞的生平经历和其研究息息相关。黑塞的家庭深受印度文化的熏陶影响,其祖父为梵语研究者,身为印度传教士的黑塞父母对黑塞也产生了很大的影响。成年后,黑塞亦对印度教思想进行研究,1911 年的印度之旅给予黑塞许多启迪并写下《回忆印度》一书,书中提到东方思想的重要性。随后,黑塞开始研究、评论佛家思想。黑塞对于中国道家思想的研究和喜爱体现在他许多文学作品当中。在《最爱的读物》一文中,黑塞直接表达道家思想对其的重要作用,并视中国为他的精神家园。

黑塞于 54 岁时撰文《我的信仰》提到,他曾花费十年之久试图将个人信仰体现在《悉达多》一书中。黑塞的个人信仰和理念汲取了来自不同文化根源的营养,印度教思想算是其中相对较小的一部分,但其有着独特的意义。《悉达多》中印度教“唵”的意义与意象“河流”的意义紧密交织在一起。在印度教中,“唵”是一个神圣的音节,是印度教最具有代表性的象征,在印度教义中,世界万物皆是从“唵”的振

① Tanja Eisentraut: *Einfluss des Buddhismus auf Hermann Hesses Siddhartha*, S. 16.

动中产生。《悉达多》中，黑塞将“唵”的意义同“河流”的最高奥义结合为一体，“唵”即是修得完满，圆融统一即是“唵”。值得一提的是，虽然“唵”包含了印度教的思想，但主人公最终通悟出河流“唵”的真正奥义并不是因为研读印度教奥义书《吠陀》或是通过佛教的涅槃而达到至境，而是由于道家的思想理念。

关于真正实现精神求索之法，黑塞否定了印度教式的研读古经的方法，亦否定了佛教的修行之法。黑塞曾表达过此意，他认为佛学能慰藉世人心灵，却没有指明道路。但这不表明佛学没有值得黑塞汲取的文化养分。佛教的轮回说也体现在“河流”意象的内涵中①。在文本中对于河流的描述中有多处“一切又将往复”的直接表达。认识到万物处于一种循环往复的状态使主人公悉达多更加接近圆融统一的境界，这一点也如同佛教的观点：只有认识到外物的轮回才能真正摆脱苦难，即看透轮回之苦，达到人生精神之佳境。黑塞将佛教轮回说和河流意象相结合，还有更深层的含义。世事万物均在不断变化，如同融于一条不断流淌变化的河流，生与死，聚形与消亡。若将万物视为统一，所有的事物，所有的爱、恨、乐、苦都在循环往复，如同河流之水，流走了愁苦会有新的苦闷，流走了欢乐会有新的喜悦，只是处于不同的形态。

在黑塞与友人的书信中可以看出其对于小说最终道家化走向的肯定，特别是他在与茨威格的书信中写到，虽然主人公悉达多穿着印度袈裟，但其思想却更贴近老子的智慧。道家思想在意象“河流”内涵中的体现主要在以下四个方面。

第一，黑塞将意象“河流”塑造为悉达多精神求索的最高导师与道家“上善若水”的观点一致。道家认为“水”是至善至美之物，黑塞亦将意象“河流”塑造为融汇世界奥义的智者。

第二，道家中水性善下的观点在作品关于河流的描写中有直接体现。老子认为，“江海所以能为百谷王者，以其善下之”。《悉达多》中多次描写河流不断往下流淌，启迪主人公往深处探寻，向下沉，探寻精神的深层境界。

第三，道家的行不言之教体现在意象“河流”给予主人公启迪的方式上。道家认为，“知者不言”“道可道，非常道”，同样地，河流是无法开口言语的，它通过展示

---

① Hesse, Hermann: *Brief an Stefan Zweig (1923)*, in: *Michels, Volker (Hrsg.) und Michels, Ursula (Hrsg.)*: *Hermann Hesse Gesammelte Briefe, 2. Band 1922-1935*, Frankfurt am Main, 1979, S. 52.

自身的规律，自然的规律，去启迪悉达多此间的人生智慧①。悉达多最先从河流那里学会的便是聆听，要用宁静的心和自然的灵魂去听、去感受才是真正的聆听。悉达多亦学会了顺其自然。在悉达多的儿子逃离父亲身边后，悉达多曾二次渡河进城，试图找回儿子。对于此，河流“笑”他。河流的“笑”是对悉达多顽固的劝阻，事物各有自己的道路，应顺其自然。

第四，道家的事物对立统一的观点正是“河流”的最高奥义，也是修得圆满的思想体现。这一点在悉达多最后悟道的文本描写中体现得十分明显。“所有的善与恶，悲伤与欢乐，所有这一切共同构成了统一的世界”②。

“河流”在《悉达多》中不仅仅起到了推动人物、情节发展的结构作用，其内涵更是融合了印度教、佛教、道教的文化内涵。通过分析意象“河流”的深层文化内涵，可体会到东方思想文化对于黑塞作品和思想的深刻影响。黑塞在作品中借用了印度诗的自然哲思起点，但显然加入了欧洲人对于东方宗教观念的不同理解。在《悉达多》中，河流不仅仅充当印度教中至高的“唵”以及佛教的人生循环概念，更多的是道教的“上善若水”“大器无声”“大道无言”以及“万物归一”的文化理想。黑塞将印度教、佛教和道教某些元素融合在一起，勾勒通过河流作为自然景物对于主人公悉达多处在人生不同追寻阶段的感悟作用，强化了河流的文化象征和自在的哲理特征，同时将《悉达多》的文本结构巧妙地“化”为既是诗体又是小说的散文体。

第五节 德国浪漫主义文学与绿色环保运动

在文学边缘化的年代，文学自身已经变成了“媒介”，在真实与想象界限已经模糊的现实面前，任何文学作品本身就是“浪漫的”，因为文学在现阶段就是对现实的反抗，而且是唯一的有效反抗。因为文学——浪漫主义析出的产品——作品是词语文字做出的，表面上具有“市民”的循规蹈矩的组织性和秩序性，而现实情况是：平静是暂时的，它并非常态，现实的常态恰恰是“变革”甚至是“突变”。德意志精神

① 张佩芬．黑塞研究[M]．上海：上海外语教育出版社，2006．335．

② Frisch, Max: *Homo faber*. Ein Bericht, Berlin:Suhrkamp, 1979, S. 66.

中追求有机的、化合型的纯粹、排斥不安的渴望集中体现在“音乐性”上，瓦格纳的歌剧《汤豪泽》(*Tannhäuser*)长演不衰的历史体现了尼采的“精神酒神”，集中了德国人的“音乐性”，酒神的音乐迷醉感就是浪漫主义所要的达到认知事物的最高境界。德国狂飙突进时期的开拓者约翰·哥特弗里德·赫尔德尔1869年乘船渡海去法国是这一时尚的标志性事件。这次法国思想之旅的最大收获是认识到“活生生的自然”的哲学概念，这种自然既包括“陌生意境”，也包括带来人类精神领域的幸福感——“创造性”。这是一种全新的思想，是一种将人和自然合二为一的思想，其关键点就是将“自然史看作发展史，自然史创造了自然的多种形态，进而将神的创世融入到自然的过程中”①。新的自然观蕴涵了影响德国后世的重大理念：认识到人的历史是自然历史的一部分，人与动植物不同之处在于人与自身异化，人还与作为人生活环境的文化产生异化，所以“人”是文化塑造出的有缺陷性的特殊生物。人有意识，这种意识总是指向“恐惧之物”和生命的深渊。庸人与浪漫者背道而驰，庸人相信“功用”，而浪漫者引以为荣的是不要成为具体的个人，德语中“Philister”这个词本身是大学生用语，用来嘲讽“非大学生”或者没有摆脱市民气的、无大学生般自由感觉的人。市民本来和大学生一样，对规则性的、习惯性的东西不总是遵守。不同的是，市民或者说庸人对超出惯常的东西不屑一顾，在庸人的眼里没有什么“崇高的事物”，他们的心态是阻止惊异和奇迹的出现，他们要求的是在同一个轨道上前行，走中间道路。虽然浪漫者也需要一个中心，但正如施莱马赫所说，他们的中心并不是庸俗市民的中心，而是“真”的中心，这种中心需在激情与力量的“离心的”轨道上才能捕捉到。浪漫者要制定的是对抗“平庸无聊”的方案，对抗空旷、虚空以及虚无的意识，浪漫主义作家的作品里充满对空虚恐惧的把握。

工业造成的“田园美梦”之破碎，以及接踵而至的政治恐怖，抑或是生活本身的平庸化，经由赫尔德尔带到德国，对生命哲学新的感悟方式在这里生根发芽了，席勒推出一种“新的美学原则”——游戏说。席勒所强调的游戏说并不是日常的“扑克牌式”游戏，而是“自由”的游戏，是“美的”游戏，或者说人用来对抗“不快”的现实的“另一状态”。对“另一现实”的追寻正是浪漫主义涌起的根源，同时又是浪漫主义思潮的不解之题。归纳起来讲，这种自由的游戏是拯救“时代病”的出路，也是个

---

① Safranski, Rüdiger. *Romantik, eine deutsche Affäre*, Carl Hanser Verlag, 2007. S. 23.

人化解“严肃感”(即生活带给人的压抑感)的升华方式,将人的原始暴力本性转化为一种艺术的激情,而艺术一旦变成了自由的游戏,其“创造性”使人自身成为目的,而不会成为功利性的“工具”,对抗现代文明给人类带来的“分裂感”。

浪漫主义当初是从反“古典主义”起家的,但它所开创出的“主义”绝不是要追求“永垂不朽”,相反,浪漫主义以及后来者深信他们的艺术理想“永远是在生成的过程中”①,浪漫运动的主张注定是“大学生气”的,与“市民气”相对抗的形式。席勒的艺术观只是为文学艺术如何面对现实尤其是“政治运动”打开了一个通往“秘密”的口子,德国年轻人甘于在“小说”中或者哲学探究中满足这种暴风骤雨式的幸福感。在随后浪漫派的青年才俊那里,“理性揭示昏暗”的观点有时并不能完全满足年轻人“驿动的心”,人们希望突如其来的变故,即兴的、感性的行动。他们相信,人虽然不能不尊重规则与理性,但与“神秘”及“惊异”相比,理性相形见绌,理性的脚步是零散的,只有“突变”才能给人带来具体的幸福感。诺瓦里斯(Novalis)坚信,生命“必须通过诗来穿透”,即使是“生意活”也要进行诗化处理。这种“穿透”和“熔化”的诗意生活就是诺瓦里斯、施莱格尔兄弟、费希特等年轻浪漫者的主观主义之理想。从此,浪漫主义者的“主观”战胜平庸的“客观”,没有感情的“客体”必须汇入充满想象与激情的“主体”的思想愈演愈烈,像谢林、霍尔德林、E. T. A. 霍夫曼以及后来的里尔克等年轻人直接奔向探求整体自然(其中人也是自然的一部分)的神秘主义和诗的“神性”。

海涅的《论浪漫主义》中一针见血地指出,浪漫主义是对政治的屈膝投降,因而成为德国的疯癫症②。他本人并没有诋毁浪漫主义对想象超凡脱俗的激发以及对惊异感的体悟,他只是认为在他所处德国现状,浪漫主义无以再立足,只能发展新的浪漫主义——夜莺浪漫主义,主张给浪漫主义“去功能化”。夜莺的歌声十分优美,但她只能在夜间歌唱,为人类创造美好的想象而已,文学就是要充当现代的“卡珊德拉”,充当众人皆醉唯我独醒者。正如海涅所说“书中的革命才是伟大的,现实的革命是龌龊的,遍地污泥”。海涅对浪漫主义的评论实际上引出的是文艺的神正论问题,即讨论在充满罪恶的现实面前,文学如何实现夹在实用性与独立性尴尬处

① 任卫东,刘慧儒,范大灿.《德国文学史》(第三卷)[M]. 南京:南京译林出版社,2007. 34.

② [德]海涅. 浪漫派[M]. 薛华,译. 北京:中国法制出版社,2010. 7.

境中实现存在的合法性。浪漫主义消亡后的近两百年时间里,德国的文化人一直围绕海涅提出的这一涉及"文学神正论"问题为文学辩护:文学艺术为自身提供价值还是通过其他的方面如社会的、政治的经济的方面实现价值,如果是后面一种情况其实已经表明了文学的失败。实际上,海涅的艺术理想在他的好友瓦格纳那里得以实践。激进的德国青年运动失败以后,瓦格纳总结艺术的"神正论"的问题是这样的:没有社会变革,艺术找不到它的真实面目。浪漫主义作为思潮并不在乎干预现实给自身带来的冒险,而是主动地要在被现代文明摧毁掉的大地、氏族、团体以及传统风俗最深处寻找一片逃生的净土。德国的"六八"学生运动实际上也关乎文学的神正论问题,这一政治与美学之间的冲突,反映出浪漫主义与政治的异质同构:浪漫主义要求的是极端与脱俗,政治要求的是平衡与调和[①]。

浪漫与政治的张力就是想象与真实的张力。如果试图将这种张力抹平的话,生活将会变得荒芜。不可想象,人们除了应付生活没有超出生活以外的想象世界将只剩下贫乏,当然纯粹为了想象而去反叛、去摧毁,去毁灭自己,那将仍然是一片荒漠。这两种做法都没有容忍现实与想象之间的对抗,是幼稚的。浪漫主义和哲学家都做到了用美学抵抗政治的诱惑力[②]。浪漫教会我们一个非常好的生活哲学——保持"对权力的想象",我们绝不需要浪漫主义的政治,浪漫同政治理性和现实相比在在生命中更重要,我们学会保持对世界陌生化,追求意义的盈溢,像浪漫主义那样对另外一种状态保持新鲜感。浪漫释放出的想象力为我们提供了所需要的空间,它不是现实的对立面,它不应视作虚空,相反浪漫所带来的将会是更为符合"本我现实"的一部分。

浪漫主义作为潮流已成过去,但是作为思想姿态的"浪漫"并没有结束,它显然仍然在发生着影响。现实的不满足感迫使人们寻找出路、改变以及跨越机会和可能性。浪漫主义总是幻想、创新、超越、虚构,它总是充满诱惑性,放浪形骸,并且指向虚无的深渊。浪漫主义在德国是一种时代概念,但更重要的是一种精神形态即"浪漫性",它远远超出了时代概念,经历了自己的时代使命后,它在德国已经变成元素隐身于文学艺术各种形态中,此外还延伸到社会思潮如"六八运动",以绿党为

---

① Glaser, Hermann. *Kleine Kulturgeschichte der Bundesrepublik Deutschland 1945 – 1989*. München, 1991. S. 167.

② 寇鹏程. 古典、浪漫与现代——西方审美范式的演变[M]. 上海:上海三联书店,2005, 362.

代表的环保政治运动中。在浪漫精神框架中，反思人类在现代化过程取得空前的文明进步同时也正本思源厘清生态、精神危机的脉络。

第六节 莫妮卡·马龙的“环境小说”

马龙的《飞灰》是一部披露前东德在强制性的现代化进程中给环境造成严重污染的小说。《飞灰》以新闻记者约瑟芙为主要人物，她写了一篇不加文辞修饰、不避批评锋芒的关于比特费尔德（Stadt B.）一家化工厂给环境带来严重污染的报道。由于马龙第一次在小说中披露了工业对东德环境造成的污染，因此，她的《飞灰》也被称作“环境书”（Umwelt-Buch）①。在当时，只有西德的人们才能够公开地谈论《飞灰》一书，而在东德由于政府决定书的出版、阅读和评论，因此人们只能偷偷地阅读，人们把这本书奉为“禁果”。

书中的女主人公约瑟芙非常关心比特费尔德的环境问题。在约瑟芙顽强地斗争下，设施极其简陋严重污染环境的比特费尔德火力发电厂最终被“最高委员会”关闭。约瑟芙在采访时很天真地问一位发电厂的煤工，为何不争取更好的劳动条件？为何不维护自己的劳动权益？煤工回答说，他只是一盏“小灯”而已，一切都要仰仗厂长。这位煤工的话听起来好像没错，约瑟芙也无从知晓煤工是否真的维护过自己的权益。在她采访煤工几天之后，这位煤工出车祸死了，原因是他在下班回家的路上，由于四周弥漫着飞灰，他看不清路面，和迎面的汽车相撞了。如果说火力发电厂的工会干部有着维护工人利益的权力和讲出事实真相的责任，那么约瑟芙作为记者就应该有报道真相的勇气。事实上，别说约瑟芙，就连编辑部主任路易泽也很难做到这一点。的确，路易泽有着坚定的人生信仰。但是，她也难以把理想的人生规划和现实中的事业统一起来。路易泽是一个共产党员，她的最高理想就是解放世界上被压迫、被剥削的劳苦大众。然而，每当一期又一期的报纸呈现在眼前，每当审视自己的劳动成果时，路易泽悲从心来。因为她做出的报纸，不但自己不喜欢，而且读者也不喜欢。约瑟芙为“难以成为真实的自己”而愤怒，为难以披

① Winfried Giesen: *Monika Maron*, *Begleitheft zur Ausstellung*, Frankfurt a. M. 2005, S. 7.

露事实真相而苦恼。约瑟芙捍卫真理,主宰着自己的命运,为人们树立了追求自我的光辉形象。但是,小说《飞灰》的意义远不止如此。

随着故事情节的推进,我们不只是看到了约瑟芙在历经磨难之后获得了"自我意识",同时,我们也观察到小说中就个体和环境之间的辩证关系进行了讨论。个人在影响着环境,环境也同样能改变一个人。如果我们没有考虑环境的影响、个人的要求、个人的责任,那么我们很明显将社会化看作是一个单向的演进过程。她所寻找的就是与众不同的、独一无二的人生,没有人能摆脱过去,过去的知识和意识影响了人的一生。约瑟芙在小说的开头以第一人称的形式,从小孩的视野出发向读者介绍了自己的家庭。约瑟芙重点介绍了她的外祖父帕维尔,帕维尔有着波兰人和犹太人的血统,这和传统的、重视理性的普鲁士家庭不同。并不是所有的因素都能决定约瑟芙身份的构建,比如报社的同事们。但是,约瑟芙的性格特征以及她对朋友、社会榜样和私生活等的看法,影响了约瑟芙的身份构建。

约瑟芙在小说开头之所以重点介绍她的外祖父,是因为她想为自己的性格特点找个合理的解释。约瑟芙在外祖父身上既获得了反抗的勇气,同时也找到了自己担惊受怕的源头。外祖父的这些性格特征潜在地决定了约瑟芙的所做所为,贯穿了约瑟芙不同的人生时期。约瑟芙的私人生活也是支离破碎的。她虽离了婚,但不想再婚,因为她不想老是被别人问"你在想什么?你从哪儿来?你到哪儿去?你什么时候再来?你为什么笑?她不想成为一个用两个脑袋思考,用四条腿跳舞,用两种声音说话,而只有一个心脏跳动的连体双胞胎"①。约瑟芙虽然不想再婚,但是她并不是孤苦伶仃的,她有男朋友,她也能体会到有个"男人"在身边的好处。约瑟芙虽然不想再有个"丈夫",但是她并不排斥有个"男人"。在男朋友克里斯蒂安面前,约瑟芙可以放声大哭,把眼睛哭肿都不要紧。她从比特费尔德回来后,就是从克里斯蒂安那里获得暂时安慰。克里斯蒂安也离了婚,他们两个人在一起既各自独立,又相互关心。

在约瑟芙熟知的人群当中,她认为只有三个人过着真实自我的生活。除了约瑟芙的外祖父、外祖母以外,第三个人就是男朋友克里斯蒂安的父亲——格雷曼。克里斯蒂安是她的男朋友,他像一个母亲或是大哥哥一样关心她。他让约瑟芙有

① Maron, Monika: *Flugasche*. S. Fischer, Frankfurt a. M., 1981, S. 22.

安全感，让她觉得生活很美。但是，克里斯蒂安的这一切素养都来自于他良好的家庭教育，也就是他父亲格雷曼的教育。每次去男朋友家，她都很喜欢他家文明、知性的家庭氛围。克里斯蒂安能给我她带来安全感也正是来源于此。不久，格雷曼搬走了，约瑟芙只能指望克里斯蒂安了。克里斯蒂安不仅给约瑟芙带来了精神上的慰藉和安全感，而且在性生活上也让她踏实。在她认识的男人当中，没有一个是工人，这并不是巧合。当她在生产企业里采访时，她总能看见一些虎背熊腰、肌肉健美的工人。他们扛着沉重的坯件从车间走过，他们的胳膊真是粗呀，连里面紧绷的血管都看得见。和这样的人在一起，身体上的安全系数肯定很高，没人敢对她动武。有时候，她在想，如果她躺在这样的身体下面，会不会很舒服呢，那么他又能对她讲些什么？她只是想想而已，她可不想真的这么去做。她害怕离开她已经熟悉的人际交往圈子；她不想置身于完全陌生的另一套价值体系；她不想听他们父权思想浓厚的道德格言；她不喜欢他们在市井生活中养成的小市民心态。和这些人在一起，她肯定只能唯唯诺诺，大气都不敢出一声。还是和克里斯蒂安在一起的好，和他在一起她自由多了，把天吵翻了都不怕。约瑟芙和克里斯蒂安的同居生活开始还是有些摩擦的。一开始，克里斯蒂安想在房间里搭两张床，就像十几岁少年之间那样友爱，而约瑟芙则渴望着克里斯蒂安能用身体温暖自己。所以，约瑟芙一开始觉得克里斯蒂安虐待自己：这不是克里斯蒂安，这是一个陌生人。“他也会和其他的人一样，伸出双手试探性的在我身上摸一摸，看看我有什么反应。如果我没反应，那么很可能会被扣上性冷淡的帽子。如果反应很激烈，那么他还会试试我有没有性高潮”。约瑟芙和克里斯蒂安同居一晚之后，约瑟芙第二天出门就问自己一个问题：我现在去谁那里？是去找以前可靠的老朋友，还是去找新朋友克里斯蒂安①？约瑟芙和克里斯蒂安的第二个同居之夜是在克里斯蒂安的一个朋友家里度过的：现在，他们两人要么坐在床边打扑牌，玩个通宵；要么约瑟芙坐在克里斯蒂安的腿上，相拥到天明。总之，想办法把这一晚上熬过去，毕竟在别人的住处，两人睡在一起总归有些不妥。不管怎样，只要和克里斯蒂安在一起，约瑟芙感觉心里就比较踏实，她白天所受的惊恐在晚上会慢慢地消去。白天的工作常常使约瑟芙神经紧张，心理惊恐。只有在晚上和克里斯蒂安在一起的时候，她内心才少许安稳些。

---

① Maron, Monika: *Flugasche*. S. Fischer, Frankfurt a. M. ,1981, S. 37.

在和克里斯蒂安同居不久后，约瑟芙在晚上不仅淡忘了比特费尔德和路易泽，甚至还忘了自己。

马龙在《飞灰》中以细微、精确的笔法多角度地描写了小说人物大量的日常“环境”，这种环境不单单是自然的生活景象，而是从身体政治角度探讨自然中的人在“泛政治化”制度下遭遇暴力的无可奈何的处境，并由此发出卡珊德拉式的声音。环境（包括自然的和社会）与个人之间的关系探究在马龙的另外一部小说《冰川堆石》中也可窥见一斑，小说中女主人公约翰娜经常梦见自己坐在一艘航行在黑夜中的巨轮上，这也是约翰娜孤独和悲伤的印证。约翰娜在写给“生命中第二个给她热吻”的男人——男朋友克里斯蒂安的信中，很好地表达了这份孤独和悲伤的心境：主人公一直想找点重要的事情做做。这在以前的东德很好办，随便找本禁书看看，然后传递给别人。人们只要和政府唱反调，就找到了重要的事情，用不着做其他所谓的重要的事了。现在，这些行为听起来有点愚蠢可笑，可是约翰娜心底里还挺怀念的。她的心底开始荒芜起来。很明显，约翰娜有了年龄和生活意义的双重危机。冰川堆石也很好地吻合了约翰娜的心境，就像冰川运动留下冰川堆石一样，她感觉自己被滚滚的历史洪流遗弃了，现在只好偏居在乡下的夏日度假小屋里了此残生。她站在小屋的阳台上，就感觉自己宛如“站在飘荡在冰河时期大海上的一艘巨轮的甲板上”①。

马龙小说中的恐龙骨架以及冰川堆石显现了人们希望回归到自然的世界，以及希望能摆脱社会的性别角色定位，这种理想化的思想难免遭遇梦想的破灭。恐龙骨架是复制的，没有一块骨头是真的，这使得很多参观者失望。冰川消融后留下的冰川堆石象征着政治气候的缓和，冷战的消亡。如今，人们通过冰川堆石不仅能感受地球的冰川时代，而且也能体念、感知昔日的政治氛围。

---

① Maron, Monika: *Nach Maßgabe meiner Begreifungskraft. Artikel und Essays*. S. Fischer, Frankfurt a. M., 1995. Zuerst: Fscher, Frankfurt a. M. 1993.

结　语

本专著系统研究了德国战后至今以来自然观念衍变以及人与自然关系在文学中如何得以描述。

赞美自然与追寻自然中人的天伦之乐在文学中变得不合时宜，也显得苍白无力，“审丑”似乎取代了“审美”，而这一点在工业发展和思想深度较其他西方国家超前的德国尤其突出，其经验对我们正在谋求有中国特色的可持续发展道路的新兴国家在实践和理论上都有借鉴意义，对德国战后与自然的相关文学研究关键恰恰是把握这种转变的过程与轨迹的关键，战后有影响的作家无不涉及失去原本意义“自然”之中人的挣扎与反观。本书即是从文学文本中审视德国人如何观照和处理“发展”问题。关注在文学边缘化时代，文学如何在实现自身文学价值的同时实现关注社会现实，以文学社会学、文学发生学以及人类学的跨学科视野来研究当代文学新现象，文化生态学理论回顾和持续发展教育政策。

我们与大自然和环境打交道，人与人之间的关系，使用和保护自然资源，德语课和德语文学课可以做什么，找出新的路径、环境教育和生态学多方面问题，讨论很久以来就是各门课程的重要内容，学生通过课内外的教育、媒体、父母、亲友等了解到环境状况，将来地球面临的危险，但是在思维和行动上并没有发生方式方法的改变。正如布威尔所说环境的双元伦理，他在 1995 年就指出，有关环境问题例如气候变化、海洋污染、资源匮乏、物种减少等方面的信息无法改变对地球态度的问题，纯粹的知识信息必须同价值联系在一起，才能加以应用，只有这样才能改变行动。德语文学课对环境态度的改变长期以来一直起到证明作用，从一开始文学就以自然作为研究对象，从内容到符号作为比喻、行动的空间，影响过程的形象等，在大量作品中可见。

按照新的生态文学理论范式，不仅被收入那些内容上讨论自然的文本，而是关注文学上能产生革命性的形式和作用，这样他们在我们的观念世界里对我们与自然、环境之间产生了历史和社会性的特征观念。尤其是当代文学加入了科学技术方面的发展，设计自然和环境关系，反思理论和方法，以及对现代世界的影响。反过来讲，这些观念又对新叙述形式和思想产生影响。文学作为升华的语言形式开拓了一种不同于科学的另外一种与自然打交道的方式，它传达指导行动的观念，能够直接影响我们对待自然的方式，因为文学除了能概念化以外，还能利用语言的创造性能力，通过象征、模式化和概念形成。文学能对自然的体验采用唯一的美学形式，让读者能够有机会认识到自己的思想同其他的视角区隔。同时文学也可以对科学传播环境问题，以及政治措施无法涉及的方面做出贡献。毫无疑问，美学教育功能比我们想得更有效。生态文学导向与教育法相结合，提供了一个通过阅读学习的任务。新的环境教育要通过阅读有趣的故事，评论不同类型的文学，尤其是媒体的不同环境，对虚构类文学作品的讨论产生新的视角，一旦环境冲突进入了文学题材，虚构的文本成为解决个案的舞台，读者通过文本摆脱现存对主观和外在世界分割的观察模式，这种融合主观和外在世界的新观点得到了读者的学习应用，从而改变感知生活的能力，成为指导现实中带有生态批评倾向的思维习惯。

参 考 文 献

外文著作

[1] Agamben, Giorgio: *Das Offene. Der Mensch und das Tier*, Frankfurt/M. 2003.

[2] Alewyn, Richard: *Eine Landschaft Eichendorffs*, in: *Romantikforschung seit 1945*, hrsg. von Klaus Peter, Königstein/Taunus 1980, S. 85-102.

[3] Ders.: *Deutscher Geist und deutsche Landschaft. Eine Topographie*, München 2000.

[4] Barthelmeß, Alfred: *Landschaft-Lebensraum des Menschen*, Freiburg und München 1988.

[5] Bätschmann, Oskar: *Entfernung der Natur: Landschaftsmalerei 1750-1920*, Köln 1989.

[6] Baumann, Günter: *Hermann Hesse und Indien*, unter: http://www.gss.ucsb.edu/projects/hesse/papers/baumann-indien.pdf (15.5.2013), 2002

[7] Begemann, Christian: *Natur und Kultur. Überlegungen zu einem durchkreuzten Gegensatz im Werk Adalbert Stifters*, in: *Adalbert Stifters schrecklich schöne Welt. Beiträge des internationalen Kolloquiums zur A. Stifter-Ausstellung* (Universität Antwerpen 1993), Brüssel 1994, S. 41-52.

[8] Ders.: *Die Lesbarkeit der Welt*, Frankfurt/M. 1981.

[9] Böhme, Gernot: *Sprechende Natur. Die Signaturenlehre bei Paracelsus und Jacob Böhme*, in: ders., *Für eine ökologische Naturästhetik*, Frankfurt/M. 1989 (zit. 1989 a), S. 121-138.

[10] Ders.: *Historische Natur-Konzepte, ökologisches Denken und die Idee der*

Gabe, in: *Ökologie und Literatur*, hrsg. von Peter Morris-Keitel und Michael Niedermeier, New York 2000, S. 7-21.

[11] Böhme, Gernot. *Natur*. In: Wulf Christoph (Hg.): *Vom Menschen*. Weinheim und Basel: Beltz, 1997

[12] Bollacher, Martin: *Wackenroder und die Kunstauffassung der frühen Romantik*, Darmstadt 1983.

[13] Bosshard, Hans Heinrich: *Natur-Prinzipien und Dichtung*, Bonn 1979.

[14] Brande, Arthur: "*Den Wald zu reinerer Anmut führen*". *Die Aktualität Stifters aus landschaftsökologischer Sicht*, in: *Adalbert Stifters schrecklich schöne Welt. Beiträge des internationalen Kolloquiums zur A. Stifter-Ausstellung* (Universität Antwerpen 1993), Brüssel 1994, S. 143-150.

[15] Ders.: *Die Erfindung der Stadt-Natur. Ästhetische Wahrnehmungsformen des Urbanen in der Moderne*, in: *Ästhetik und Naturerfahrung*, hrsg. von Jörg Zimmermann in Vbdg. mit Uta Saenger und Götz-Lothar Darsow, Stuttgart-Bad Cannstadt 1996, S. 385-404.

[16] Deterding, Klaus: *Eine Handvoll Erde. Organisch-ganzheitliches Denken in Wissenschaft, Dichtung und Philosophie seit 1770*, Berlin 2000.

[17] Dietzsch, Steffen: *Zeit und Natur. Zum Naturverständnis in der deutschen Romantik*, in: *Die Naturphilosophie im Deutschen Idealismus*, hrsg. von Karen Gloy und Paul Burger, Stuttgart 1993, S. 175-184.

[18] Drouin, Jean-Marc: *Von Linné zu Darwin: Die Forschungsreisen der Naturhistoriker*, in: *Elemente einer Geschichte der Wissenschaften*, hrsg. von Michel Serres, Frankfurt/M. 1995, S. 569-595.

[19] Dürr, Hans-Peter: *Die Zukunft ist ein unbetretener Pfad. Bedeutung und Gestaltung eines ökologischen Lebensstils*, Freiburg i. Br. 1995.

[20] Dunu, Elias Onwuatudo: *Modernisierungsprozesse und Literatur. Bedrohte Lebensräume in deutschsprachigen und subsaharischen Erzähltexten des 19. und 20. Jahrhunderts*, Hannover 2000.

[21] Eenklar-Lagendijk, J.: *Adalbert Stifter. Landschaft und Raum*, Alphen

aan den Rijn 1984.

[22] Ehlbeck, Birgit: *Denken wie der Wald. Zur poetologischen Funktionalisierung des Empirismus in den Romanen und Erzählungen Adalbert Stifters und Wilhelm Raabes*, Bodenheim 1998.

[23] Fauser, Markus: *Einführung in die Kulturwissenschaft*, Darmstadt 2003.

[24] Fechner, Renate: *Natur als Landschaft. Zur Entstehung der ästhetischen Landschaft*, Frankfurt/M. 1985.

[25] Frisch, Max. *Homo faber. Ein Bericht*, Berlin:Suhrkamp, 1979

[26] Frühsorge, Gotthard: "*Landleben*". *Vom Paradies-Bericht zum Natur-Erlebnis. Entwicklungsphasen literarisierter Lebenspraxis*, in: *Tradition, Norm, Innovation. Soziales und literarisches Traditionsverhalten in der Frühzeit der deutschen Aufklärung*, hrsg. von Wilfried Barner, München 1989, S. 165-183.

[27] Frühwald, Wolfgang: *Fremde und Vertrautheit. Zum Naturverständnis in der deutschsprachigen Literatur seit dem 18. Jahrhundert*, in: *Zwischen Aufklärung und Restauration. Sozialer Wandel in der deutschen Literatur*, hrsg. von W. Frühwald und Wolfgang Martens, Tübingen 1989, S. 451-463.

[28] Glaser, Hermann. *Kleine Kulturgeschichte der Bundesrepublik Deutschland 1945—1989*. München :1991:167.

[29] Glotfelty, Cheryll; Fromm, Harold (Hg.): *The Ecocriticism Reader. Landmarks in Literary Ecology*, Athens/Georgia 1996.

[30] Gloy, Karen: *Das Verständnis der Natur*, *Bd. I*: *Die Geschichte des wissenschaftlichen Denkens*, München 1995.

[31] Goodbody, Axel: Natursprache. *Ein dichtungstheoretisches Konzept der Romantik und seine Wiederaufnahme in der modernen Naturlyrik* (*Novalis*, *Eichendorff*, *Lehmann und Eich*), Neumünster 1984.

[32] Ders. (Hg.): *Literatur und Ökologie*, Amsterdam und Atlanta 1998.

[33] Ders. : *From Raabe to Amery. German Literature in Ecocritical Perspec-*

tive, in: *From Classical Shades to Vickers Victorious: Shifting Perspectives in British German Studies*, hrsg. von Steve Giles and Peter Graves, Bern, Berlin und Brüssel 1999, S. 77-96.

[34] Dies.: *Weltbild und Naturaneignung. Zur Kulturgeschichte der Natur*, Frankfurt/M. 1991.

[35] Dies.: *Kulturelle Muster und ästhetische Naturerfahrung*, in: *Ästhetik und Naturerfahrung*, hrsg. von Jörg Zimmermann in Vbdg. mit Uta Saenger und Götz-Lothar Darsow, Stuttgart-Bad Cannstadt 1996 (zit. 1996 b), S. 27-42.

[36] Grosse, Ernst Ulrich: *Sympathie der Natur. Geschichte eines Topos*, München 1968.

[37] Gunderson, Dörte: *Denken wie der Wald-Von Stifter zu Heidegger*, Frankfurt/M. 1995.

[38] Günzel, Klaus: *Romantikerschicksale. Gestalten einer Epoche*, München, 1988.

[39] Hasse, Jürgen: *Heimat und Landschaft. Über Gartenzwerge, Centerparks und andere Ästhetisierungen*, Wien 1993.

[40] Hauser, Albert: *Waldgeister und Holzfäller. Der Wald in der schweizerischen Volkssage*, Zürich und München 1980.

[41] Hauser, Susanne: *Der Blick in die Landschaft. Entleerung eines Konzepts*, in: [Auslassungen]. *Leerstellen als Movens der Kulturwissenschaft*, hrsg. von Natascha Adamowsky und Peter Matussek, Würzburg 2004, S. 117-121.

[42] Hegener, Johannes: *Die Poetisierung der Wissenschaften bei Novalis*, Bonn 1975.

[43] Heidenreich, Joachim: *Natura delectat. Zur Tradition des locus amoenus bei Eichendorff*, Konstanz 1985.

[44] Heiland, Stefan: *Naturverständnis. Dimensionen des menschlichen Naturbezugs*, Darmstadt 1992.

[45] Henderson, Fergus: *Romantische Naturphilosophie. Zum Begriff des "Experiments" bei Novalis, Ritter und Schelling*, in: *Novalis und die Wissenschaften*, hrsg. von Herbert Uerlings, Tübingen 1997. S. 121-141.

[46] Ders.: *Solidarität mit der Natur. Literarische Proteste gegen den industriellen Fortschrittswahn*, in: Diskussion Deutsch, 135/1994, S. 3-12.

[47] Heuser-Keßler, Marie-Luise: *Die Produktivität der Natur. Schellings Naturphilosophie und das neue Paradigma der Selbstorganisation in den Naturwissenschaften*, Berlin 1986.

[48] Ders.: *Die Medien der Natur und die Natur der Medien*, in: *Natur, Räume, Landschaften. 2. Internationales Kingstoner Symposium*, hrsg. von Burkhardt Krause und Ulrich Scheck, München 1996, S. 99-112.

[49] Jauß, Hans Robert: *Ursprünge der Naturfeindschaft in der Ästhetik der Moderne*, in: *Vom Wandel des neuzeitlichen Naturbegriffs*, hrsg. von Heinz-Dieter Weber, Konstanz 1989, S. 207-225.

[50] Kortländer, Bernd: *Die Landschaft in der Literatur des ausgehenden 18. und beginnenden 19. Jahrhunderts*, in: "*Landschaft*" *als interdisziplinäres Forschungsproblem*, hrsg. von Alfred Hartlieb von Wallthor und Heinz Quirin, Münster 1977, S. 36-44.

[51] Lobsien, Eckhard: *Landschaft in Texten. Zu Geschichte und Phänomenologie der literarischen Beschreibung*, Stuttgart 1981.

[52] Mahoney, Dennis F.: *Hardenbergs Naturbegriff und -darstellung im Licht moderner Chaostheorien*, in: *Novalis und die Wissenschaften*, hrsg. von Herbert Uerlings, Tübingen 1997, S. 107-120.

[53] Michels, V. / Michels, U. (Hrsg.), *Hermann Hesse Gesammelte Briefe*, 2. Band 1922—1935. Frankfurt am Main: Suhrkamp Verlag, 1979.

[54] Müller-Salget, Klaus. *Max Frisch: Homo faber. Ein Bericht*. In: *Interpretationen: Romane des 20. Jahrhunderts*, Band 2. Stuttgart: Reclam, 1993.

[55] Nakai, Ayako: *Die zwei Grundkräfte der Natur bei Eckartshausen und*

Novalis im Vergleich mit der chinesischen Naturphilosophie, in: *Geschichtlichkeit und Aktualität. Studien zur deutschen Literatur seit der Romantik*, hrsg. v. Klaus-Detlef Müller u. a., Tübingen 1988, S. 159-181.

[56] Nietzsche, Friedrich: *Sämtliche Kritsche Studienausgabe*, Bd. VI. Herausgegeben von Giorgio Colli und Mazzino Montinari. München, Berlin, New York 1980.

[57] Obermaier, Renate: *Stadt und Natur. Studien zu Texten von Adalbert Stifter und Gottfried Keller*, Frankfurt/M., Bern, New York 1985.

[58] Plumpe, Gerhard: *Systemtheorie und Literaturgeschichte. Mit Anmerkungen zum deutschen Realismus im 19. Jahrhundert*, in: *Epochenschwellen und Epochenstrukturen im Diskurs der Literatur- und Sprachhistorie*, hrsg. von Hans-Ulrich Gumbrecht und Ursula Link-Heer, Frankfurt/M. 1985, S. 251-264.

[59] Safranski, Rüdiger. *Romantik, eine deutsche Affäre*, Carl Hanser Verlag, 2007.

[60] Schama, Simon: *Der Traum von der Wildnis. Natur als Imagination*, München 1996.

[61] Schanze, Helmut: *Romantik und Aufklärung. Untersuchungen zu Friedrich Schlegel und Novalis*, Nürnberg 1966.

[62] Schedlinsky, Walter: *Rolle und industriegesellschaftliche Entwicklung: Die literarische Vergegenständlichung eines sozialgeschichtlichen Phänomens im Werk Wilhelm Raabes*, Frankfurt/M. 1980.

[63] Serres, Michel: *Der Naturvertrag*, Frankfurt/M. 1994.

[64] Sieferle, Rolf-Peter: *Perspektiven einer historischen Umweltforschung*, in: *Fortschritte der Naturzerstörung*, hrsg. von dems., Frankfurt/M. 1988, S. 307-368.

[65] Ders.: *Die Krise der menschlichen Natur. Zur Geschichte eines Konzepts*, Frankfurt/M. 1989.

[65] Simmel, Georg: *Philosophie der Landschaft* [1913], in: *ders.*, *Brücke*

und Tür, Stuttgart 1957, S. 141-152.

[66] Thalmann, Marianne: *Der romantische Garten*, in: *Marianne Thalmann: Romantik in kritischer Perspektive*. Zehn Studien, hrsg. von Jack D. Zipes, Heidelberg 1976, S. 29-43.

[67] Treptow, Elmar: *Die erhabene Natur. Entwurf einer ökologischen Ästhetik*, Würzburg 2001.

[68] Weissberg, Liliane: *Kleine Schritte: Natur und Kunstwerk bei Stifter und Heidegger*, in: *Ästhetik und Naturerfahrung*, hrsg. von Jörg Zimmermann in Vbdg. mit Uta

[69] Wozniakowski, Jacek: *Die Wildnis. Zur Deutungsgeschichte des Berges in der europäischen Neuzeit*, Frankfurt/M. 1987.

[70] Würgau, Rainer: *Der Naturbegriff im Werk Gottfried Kellers. Topik der Natur, Materialismus, Mimesis*, Tübingen 1970.

[71] Zapf, Hubert: *Literatur als kulturelle Ökologie. Zur kulturellen Funktion imaginativer Texte an Beispielen des amerikanischen Romans*, Tübingen 2002.

[72] Zeller, Christoph: *Allegorien des Erzählens. Wilhelm Raabes Jean-Paul-Lektüre*, Stuttgart und Weimar 1999.

[73] Zimmermann, Jörg: *Ästhetische Erfahrung und die "Sprache der Natur"*, in: *ders.*, *Sprache und Welterfahrung*, München 1978, S. 234-256.

中文专著、期刊

[1] [英]戴维·佩柏. 生态社会主义:从深生态学到社会正义[M]. 刘颖,译. 山东:山东大学出版社,2012.

[2] 韩瑞祥,马文韬. 20 世纪奥地利瑞士德语文学史[M]. 青岛:青岛出版社,1998.

[3] [德]海涅. 浪漫派[M]. 薛华,译. 北京:中国法制出版社,2010.

[4] 江山. 德语生态文学[M]. 上海:学林出版社,2011.

[5] 寇鹏程. 古典、浪漫与现代——西方审美范式的演变[M]. 上海:上海三联书

店,2005.

[6] 李传轩.生态经济法——理念革命与制度创新[M].北京:知识产权出版社,2012.

[7] 鲁枢元.文学的跨界研究:文学与生态学[M].上海:学林出版社,2011.

[8] [德]吕迪格尔·萨弗朗斯基.恶——或者自由的戏剧[M].卫茂平,译.云南:云南人民出版社,2001.

[9] 任卫东,刘慧儒,范大灿.德国文学史(第3卷)[M].南京:南京译林出版社,2007.

[10] [美]爱德华·特纳.技术的报复,墨菲法则和事与愿违[M].徐俊培等,译.上海:上海科技教育出版社,2012.

[11] 王利红.诗与真·近代欧洲浪漫主义史学思想研究[M].上海:上海三联出版社,2009.

[12] 谢建文.德语后现代主义文学研究[M].上海:上海三联书店,2015.

[13] 余匡复.德国文学史(上卷)[M].上海:上海外语教育出版社,2013.

[14] 吴建广.德意志浪漫精神与哲学诠释学[J].中国社会科学,2013(9).